행복공장 이야기

일할 수 있어 행복한 특별한 사람들의

정덕환 지음

행복공장 이야기

샘솟는집출판사

　나는 스물일곱 살에 전신마비 1급 장애인이 되었다. 사고가 나기 전에는 8년째 유도 국가대표 선수였다. 고등학교 3학년 때 이미 국가 대표가 되어 태릉선수촌에서 등교를 했다. 승률 85퍼센트를 자랑했다. 사고는 모든 것을 뒤엎어버렸지만 바닥으로 떨어진 인생에서 나는 세 번의 기적을 만났다.

　동료선수와의 연습경기에서 목이 부러진 나는 바닥에 누워 꼼짝도 못 했다. 숨도 쉬기 어려웠다. 들것에 거꾸로 매달려 구급차에 실렸다. 세브란스병원 응급실로 갔을 때, 의사는 사흘을 넘기기 어렵다고 했다. 온몸이 마비된 채 정신만 칼끝 같이 살아있던 나는 의사의 말을 똑똑히 들었다. 그건 나의 사망선고였다. 고열에 시달리던 나는 산소마스크를 쓰고 중환자실로 옮겨졌다. 그러나 예정된 사흘이 지나도 나는 살아있었다. 40년이 더 지난 지금, 아직도 살아있다. 이것이 첫 번째 기적이다.

　사고가 난 지 두 달도 넘어서야 겨우 수술을 받았다. 그러나 마비된 신경은 돌아오지 않았다. 살아났으되 아무것도 할 수 없었다. 내 얼굴이 어디 있는지 내 발이 어디 있는지, 만질 수도 볼 수도 없었다. 욕창으로 썩어 들어가는 살을 핀셋으로 떼어내도 아픈 줄도 모르는 채로 살아있었다.

지옥 같은 재활훈련이 시작되었다. 나무토막 같이 딱딱하게 굳은 허리를 굽혀 자리에 앉기까지 뼈가 부러지는 듯한 고통을 겪었다. 팔 힘을 기르기 위해 덤벨을 팔에 줄로 매달아 놓고 드는 훈련을 했다. 꿈쩍도 않던 덤벨이 1센티씩 들어 올려지면서 내 팔은 힘을 얻어갔다. 내 팔이 부채꼴 모양으로 움직일 수 있게 되었을 때 나는 휠체어를 탔다. 손을 쥘 수도 없고 발가락을 움직일 수도 없었지만, 팔의 힘만으로 휠체어를 타고 세상 속으로 나아갔다. 그것이 두 번째 기적이다.

　사고를 당하고 내 인생은 완전히 뒤집혔다. 세상의 중심에서 가장 낮은 곳으로 떨어졌고, 국가대표 선수로 날리던 이름은 사회의 무관심 속으로 사라졌다. 나는 살아갈 의욕을 잃었다. 이런 나를 구해준 것은 삼발이 오토바이였다. 손에 힘이 없어 핸들을 잡지 못해 핸들 위에 손을 얹은 채로 청계천에서 물건을 받아 온 데를 돌아다니며 물건을 배급했다. 삼발이 오토바이에 리어카를 매달아 행상을 시작하면서 살아갈 힘을 다시 얻었다.

　일은 나에게 새로운 삶을 주었다. 일을 함으로서 생의 의욕을 찾았고, 가족을 찾았으며, 내 존재의 가치를 다시 깨달았다. 일이 곧 소망이며 생명이었다. 그래서 나와 같은 처지의 다른 장애인들에게도 일하는 기쁨과 삶의 의미를 찾아주고 싶었다.

　1983년에 중증장애인 다섯 명과 함께 독산동에 전세를 얻어 '에덴복지원'을 시작했다. 장애인들이 모여 함께 일하는 사업장을 만든 것이다. 장애인이 일을 하리라곤 아무도 생각하지 않던 시절이었다. 나는 삼발이 오토바이를 타고 구로공단으로 일감을 찾아다녔다. 문전박대를 받는 건 당연한 절차였다. 어떤 수모를 당해도 일감을 얻을 수만 있다면 찾아가고 또 찾아갔다. 그래서 일감을 얻었다.

30년이 지난 지금, 에덴은 중증장애인 170여 명의 일터가 되었다. 다섯 명이 일해서 석 달 만에 36만 원을 첫 수입으로 벌었던 에덴은, 2012년에 156억 원의 매출을 올렸다. 끼니를 잇기도 어려웠던 에덴의 식구들은 이제 평균 110만 원의 월급을 받는다. 전국 중증장애인 평균 임금의 세 배가 넘는 금액이다. 일을 해서 번 소득으로 세금을 내고 저축을 하며 가정을 꾸려나간다. 직업을 갖기 어렵다고 생각했던 중증장애인들이 일을 해서 자기 스스로 삶을 개척하게 된 것이다. 이것이 내가 만난 세 번째 기적이다.

불편한 몸으로 굳이 일을 해야 할까, 고개를 갸웃거리는 사람도 있다. 더러는 불쌍한 이들한테 일을 시킨다고 색안경을 끼고 보기도 한다. 그러나 내가 일을 시킨 게 아니다. 그들은 일을 찾아 어렵게 에덴까지 왔고, 단순한 작업에 익숙해지기까지 적어도 여섯 달 이상의 집중훈련을 받으며 자신들을 단련시켰다. 그렇게 해서 마침내 한 사람의 직업인이 되었다.

장애인에게 일이란 단순한 밥벌이가 아니다. 일은 자존심이고 생명이다. 땀을 흘려 일을 하고 수고한 대가를 받는 삶은 고귀하다. 돈을 많이 벌든 적게 벌든, 세상 사람들의 부러움을 사는 일이든 아니든, 일을 한다는 것, 그 일로 자신의 생계를 꾸려나간다는 것은 인간으로서 최소한의 자아실현이다. 이 일에 장애인과 비장애인의 구별이 무슨 의미가 있을까.

지금도 나는 하루 세 끼 밥도 내 손으로 먹지 못한다. 책 한 권, 신문 한 장을 들지 못한다. 자동차의 윈도브러시처럼 같은 각도로 흔들리는 두 팔만이 유일하게 내 맘대로 움직일 수 있는 부위다. 침대에 편히 눕지도 못한다. 머리를 침대에 붙이면 다리가 들리고 발을 내리면 머리가 들린다. 내 몸은 유행이 지난 폴더 폰처럼 브이자로 꺾여 시소 놀이를 한다. 허리를 쭉 피고 깊은 잠에 빠져보는 것은 내 평생엔 이룰 수 없는 소망이다. 그렇지만 나는 네 번째 기적을 만나기 위해 오늘도 새로운 꿈을 꾼다.

에덴 30년이 있기까지 귀한 땀을 보태주신 모든 분들께 감사드린다. 곤경에 처할 때마다 도움을 준 보건복지부와 서울시, 구로구청, 유네스코 한국위원회, 그리고 형원에 진심어린 기술지원을 해준 애경그룹 등에도 머리 숙여 깊이 감사드린다. 마지막으로, 배를 곯아가면서도 참고 일터를 지켜주어 에덴의 30년 역사를 만들어낸 에덴의 식구들, 하나님이 주신 1퍼센트의 달란트를 99퍼센트의 땀과 눈물로 아름답게 키워낸, 이 책의 진정한 주인공인 그들에게 존경과 사랑을 보낸다.

2014년 2월 파주에서 정덕환

어떤 사람의 눈에는 하찮은 일로 보일지 모르지만
이곳에 있는 식구들에게는 소중한 직업이다. 자립의 방편이고 자긍심의 원천이며,
세상과의 단절과 소외 없이 당당한 사회인이 되게 하는 동아줄이다.
일, 그 자체가 행복을 만들어내는 행복공장인 셈이다.

1장

에덴에
공장이 있다

• 살아있어 다행이다

아침이 될 때까지, 나를 돌봐주는 송학이가 잠에서 깨어날 때까지 나도 푹 잘 수 있다면 얼마나 좋을까? 그러나 그런 날은 1년 중 며칠에 불과하다. 대부분 새벽 3시만 되면 나는 잠에서 깨어난다.

잠에서 깨면 우선 내 힘으로 움직일 수 있는 부분을 움직여본다. 고개를 좌우로 돌려보고 양팔을 천천히 천장을 향해 들어본다. 이것이 내가 혼자서 할 수 있는 전부다. 이 작은 움직임만으로도 나는 행복하다. 고개를 좌우로 움직일 때마다 살아있는 게 신기하고 좋다.

눈을 뜬 채 꿈을 꾸기 시작한다. 앞으로 에덴이 이루어갈 일들을 생각하면 가슴이 뛴다. 그림 같은 작업장이 눈앞에 그려진다. 푸른 잔디밭 위에 말끔하게 지어진 에덴에는 일을 배우는 장애인들로 가득 찼다. 나는 일을 다 배운 아이들에게 어느 작업장으로 가라고 배치표를 나눠준다. 너는 A사업장, 너는 B사업장……. 환하게 웃으며 작업장을 찾아 나서는 아이들을 위해 종이접기 교실에서 만든 종이학을 뿌려준다. 아이들을 뒤따라가는 나의 머리 위로도 종이학이 날아 앉는다. 행복하다.

갑자기 살갗이 찢어지는 통증이 지나간다. 곧이어 찾아오는 경련. 몸이 곤두박질치듯 떨리기 시작한다. 급하게 송학이를 부른다. 대답이 없다. 송학이의 숨소리가 가깝게 들리건만, 간간히 코고는 소리도 들리건만. 그는 곤한 잠에 빠져있다. 다시 부른다. 여전히 대답이 없다. 송학이를 흔들어 깨워야만 한다. 그러나 나는 그를 흔들 수가 없다. 한 걸음 떨어져 자고 있는 그에게 손이 닿지 않는다.

송학이를 깨우는 목소리에 점점 힘이 빠진다. 경련은 쉽게 멈추지 않는다. 지금 당장 내 몸을 누군가가 붙들어주면 좋겠다. 마구 흔들리고 있는 무릎을 잡아주고 어깨를 눌러주면 좋겠다. 아, 몸을 조금이라도 움직일 수 있다면 경련을 줄일 수 있을 텐데.

애타게 송학이를 기다리는 사이에 경련이 조금씩 가라앉는다. 다행이다. 그러나 통증은 더 심해졌다. 비명이 터져 나올 것 같다. 누군가 와준다면, 지금 누군가 와서 내 손을 잡아준다면, 아니 그냥 가만히 지켜봐주기만 해도 덜 아플 것 같다.

조금씩 날이 밝고 있다. 통증도 서서히 가라앉아 견딜 만하다. 이제 10분만 지나면 송학이가 일어날 것이다. 드디어 6시다. 알람이 울리지만, 송학이는 얼른 일어나지 못한다. 송학도 곧 예순 살이 된다. 나를 돌봐주면서 나와 같이 바쁘게 하루 일정을 보내는 게 힘이 들 거다. 알람이 다섯 번째 긴 소리를 내려는 순간 송학이 일어난다.

"편히 주무셨어요?"

나는 대답 대신 슬며시 웃는다.

"언제 일어나셨어요?"

"응, 조금 되었어."

"그럼 저를 깨우지 그러셨어요?"

나는 또 슬며시 웃는다. 상호도 방으로 들어온다. 상호 역시 아직 잠이 덜 깬 얼굴이다. 그도 나에게 묻는다.

"편히 주무셨어요?"

"아주 푹 잤어."

새벽의 고통과 외로움을 들키고 싶지 않은 나는 잘 잤다고 말한다. 송학이가 소변 통을 가져와 소변을 빼낸다. 호스를 넣어 소변을 빼내는 일, 아프고 무안하다. 하루에도 몇 번씩 반복해서 하는 일이건만 여전히 적응이 되지 않는다.

뒤이어 김상식이 들어온다. 지체장애가 있는 상식은 에덴의 시설을 관리하면서 나를 돌봐준다. 몸을 움직이지 못하는 나를 들어 옮기려면 엄청 힘이 든다. 세 사람은 하나, 둘, 셋, 호흡을 맞춰서 나를 들어 목욕탕으로 옮긴다. 송학이가 내 몸을 닦기 시작한다. 송학이의 손에 정성이 담겨있다. 머리도 감겨준다. 물컵을 받쳐주면 양치만은 내 힘으로 깨끗이 닦는다. 젖은 머리를 말리고, 옷을 입혀주고, 내 몸을 번쩍 들어 휠체어에 앉힌다. 두 발에 신발을 신겨서 발걸이 위에 얌전히 올려놓는다. 힘없이 덜렁거리는 두 다리도 바짝 잡아당겨 휠체어에 고정시킨다.

휠체어에 허리를 받치고 앉으면 그때부턴 내 세상이다. 나는 아무 일도 없었다는 듯이 멀쩡한 얼굴이 되어 휠체어를 밀고 교회로 간다. 찬송가를 부르고 기도를 한다. 물 한 모금도 누군가 먹여줘야 하는 나지만, 이 순간만큼은 나 혼자서도 충분하다.

아침 기도를 끝내고 나오니 에덴이 분주하다. 다들 말끔하게 씻은 얼굴로 시끌벅적 떠들며 식당으로 향한다. 지적장애를 가진 친구들은 나이를 먹지 않는다. 스무 살이니 서른 살이니 하는 나이는 그들과 아무 상관이 없다. 서른 살을 훌쩍 넘긴 녀석들이 졸린 눈을 부비며 어린애들처럼 식당으로 달려간다.

나도 휠체어를 밀고 식당으로 간다. 오늘 아침 반찬은 미역국에 생선조림과 시래기나물, 멸치볶음이다. 생선조림 냄새가 달콤하다. 부지런한 아이들은 이미 밥을 먹고 있다. 볼이 미어지도록 맛있게 먹는다.

"맛있어?"

"맛있어요."

입안에 밥이 가득한 채로 대답하다가 그만 밥알이 튀어나온다.

"에구, 천천히 좀 먹어라."

그 사이 송창순이 밥을 한 접시 수북하게 담아간다. 마흔 살인 창순이는 아코디언 연주를 배운다. 말은 어눌해도 리듬은 잘도 맞춘다. 여러 해 동안 한글을 배워 이제는 일기도 제법 쓴다. 그런데 요즘 들어 좀처럼 식욕을 조절하지 못하는 것 같다. 나는 얼른 휠체어를 밀고 가서 창순이의 접시를 가리킨다. 주방에서 일하던 어미랑 조리과장이 눈치 빠르게 뛰어나와 창순이의 접시에서 밥을 덜어낸다. 여 과장은

22년째 에덴의 주방을 지키고 있다.

"창순아, 요즘 너무 많이 먹어. 좀 덜고 먹자."

여 과장의 말에 창순이는 아쉬워하는 얼굴로 마지못해 고개를 끄덕거린다.

"이사장님도 아침 드셔야지요?"

여 과장이 내 아침밥을 챙겨서 나온다. 내 손으로 밥을 먹지 못하는 나는 누군가 밥을 먹여줘야 한다. 그러나 걱정은 없다. 에덴의 식구들은 누구라도 내게 밥을 먹여준다. 마침 내 앞을 지나가던 김선화가 밥을 먹여주겠다고 나선다. 지적장애인 선화는 스물두 살, 꽃 같은 나이다. 두 갈래로 묶은 머리가 찰랑거린다.

"너는 먹었어?"

"아뇨, 이사장님부터 드리고요."

"요즘도 시 쓰냐?"

선화가 웃는다. 선화는 얼마 전 아주 멋진 시를 써서 낭송을 했다. 시만 듣고 있으면 아무도 선화가 지적장애인 줄 알지 못한다.

"시 좀 읊어봐라."

말이 떨어지자마자 선화는 시를 외운다.

"하늘이 높으면 얼마나 높나 / 바다가 깊으면 얼마나 깊나 / 묻지 마라 그대여, 사랑을 두고 / 자유보다 더 높고 심원한 것을."

시를 읊고 난 선화가 생선조림과 시래기나물을 숟가락에 번갈아 얹어준다.

"선화야, 제목을 말 안 했다."

"제목! 사—랑—!"

선화는 수저에 시래기나물을 듬뿍 올려준다. 나는 짐짓 투정을 부려본다.

"나물이 너무 질겨."

"나물은 원래 질겨요. 그냥 드세요."

선화도 지지 않는다. 그러면서 또 웃는다. 남의 손으로 밥을 먹고 물까지 마시고 나서야 나는 천천히 식당을 떠난다. 식당의 창밖으로 출근하는 직원들이 보인다. 최정희의 파란색 자동차도 보인다. 차를 몬 지가 벌써 6년째인데도 아직도 가끔 남의 집 담장을 들이박곤 한다. 그 뒤로 홍 원장의 자동차가 들어와 선다. 차에서 내린 홍 원장이 사무실을 향해 급히 걷는다. 그의 지팡이가 분주하다.

• 에덴의 아웃라이어들

식당을 나와 창고로 향한다. 창고엔 어제 만들어놓은 제품들이 쌓여있다. 천장에 닿을 듯 높이 쌓인 제품들, 그건 우리 장애인 식구들의 땀이다. 이 제품들은 곧 트럭에 실려 주문처로 나가게 될 것이다. 이렇게 벌어들이는 액수가 연 140~150억 원에 달한다. 매월 25일이 되면 월급에서 세금을 공제하고 남은 금액이 저마다의 통장에 입금된다.

제품 재고를 확인한 다음 나는 작업장으로 들어간다. 작업장 벽에는 '오직 품질로써 경쟁력 우위 확보'란 문구가 걸려있다. 나는 날마다 그 문구를 큰 소리로 읽는다. 중증장애인이 만드는 물건이기 때문에 품질이 더욱 좋아야 한다고 생각한다. 연구실이 따로 없는 에덴에선 모두가 연구원이다. 자기가 맡은 분야에서 최고가 되기 위해 늘 새로운 실험을 한다. 좋은 환경을 지키기 위해서도 더 많은 공을 들인다. 에덴하우스는 2002년에 ISO품질경영시스템과 ISO환경경영시스템을 획득했다. 그리고 장애인의 일자리 창출에 기여한 공로로 2008년에 노동부로부터 사회적 기업 인증을 받았다.

작업장에는 비닐을 만드는 기계들이 즐비하다. 그 기계들 옆에 우리 아이들이 일하는 작업대가 있다. 기계 한 대마다 1분에 60장씩 쏟아져 나오는 쓰레기봉투를 한 장 한 장 세거나 압착기로 눌러서 손잡이 구멍을 뚫는 작업을 한다. 생산된 쓰레기봉투는 20장씩 묶여 박스로 포장된다.

9시가 가까워져 오자 '에덴하우스'는 쓰레기봉투를 만드는 비닐 원료를 배합해서 압출기에 넣는 준비가 한창이다.

"이사장님, 뽀뽀!"

에덴하우스로 들어서기가 무섭게 김현석이 다가와 뺨에 뽀뽀를 한다.

"이사장님, 하이파이브! 악수!"

현석이는 또 하이파이브를 하고 손을 잡아 흔든다. 뽀뽀와 하이파이브, 악수는 현석이의 3종 선물세트로, 다른 사람에게 해줄 수 있는 전부이기도 하다.

"현석이 잘 잤냐? 아침밥은 먹었어?" 하고 물어보지만 현석이는 대답도 없이 벌써 자기 자리로 가버렸다. 심한 자폐를 앓고 있는 현석이는 아무하고도 대화를 하지 못한다. 현석이를 처음 보았을 때 다들 고개를 저었다. 바깥세계에는 완전히 셔터를 내린 듯한 얼굴로 땅바닥만 보고 있던 현석이가 할 수 있는 일은 아무것도 없어보였다. 자기 세계에 갇혀 사는 현석이에게 직업훈련을 시키기는 쉽지 않았다. 그러나 달팽이가 바다를 향해 가듯 아주 느리게 현석이는 변화했다.

그토록 어둡던 현석이의 얼굴에 환한 빛이 돌기 시작한 것이 변화의 신호였다. 이제 현석이는 만나는 사람마다 악수를 하고 인사를 한다. 물론 지금도 의사소통은 되지 않는다. 남의 말을 들을 줄 몰라 악수를 하고는 저 혼자 씽 가버린다. 하지만 현석이는 예전의 그 아이가 아니다. 나도 아침마다 현석이의 뽀뽀를 받는 게 기분 좋다.

비닐 원료를 쏟아 붓자 압출기가 요란한 소리를 내며 돌아간다. 잘 섞인 원료는 얇고 신축성이 좋은 비닐원단이 되어 롤러를 빠져나온다. 비닐 가공작업을 이승구가 돕고 있다. 승구는 언어능력이 많이 떨어졌다. 자기가 하고 싶은 말을 전혀 하지 못했다. 의사표현을 못 하니 자꾸 화가 나고, 그래서 입만 열면 욕설이 쏟아져 나왔다. 다들 견디기 힘들어서 일을 하다 말고 다시금 집으로 돌려보내졌다. 그러나 이제 승구는 욕을 하지 않는다. 그 대신 자기가 하고 싶은 말을 조금씩 할 수 있게 됐다. 식구들이 모두 나간 뒤 빈집에 외톨이로 남겨진 승구가 말을 배울 기회는 전혀 없었다. 에덴에 와서 일을 하는 동안 승구의 귀가 틔고 말문이 열린 것이다.

비닐원단이 쏟아져 나오자 일손들이 바빠진다. 원기연과 정현우가 원단을 재단기계에 걸고 받는다. 두 사람은 호흡이 척척 맞는다. 원기연은 시작장애를 가진 지체장애인이다. 송창순의 남편이기도 하다. 두 사람은 에덴의 기혼 기숙사에서 살고 있다. 키가 늘씬한 현우는 운동이라면 뭐든지 잘한다. 조각 같은 얼굴의 현우가 축구를 하면 사람들은 공보다 현우 얼굴에 더 정신이 팔린다.

휠체어를 탄 작업반장 김호식이 큰 소리로 작업을 챙기며 바삐 돌아다닌다. 그가 조금만 한눈을 팔아도 작업장은 난리가 난다. 호식은 내가 아무리 불러도 돌아보지 않는다. 작업장에선 김호식이 최고다.

김호식은 본래 배를 타던 사나이였다. 그런데 추락사고로 장애인이 됐다. 가슴엔 커다란 돌덩어리 같은 혹이 튀어나오고 하반신은 마비가 됐다. 일을 하고 싶다고 편지를 보내온 게 인연이 돼서 함께 일한 지 30년이 됐다. 그는 우리 공장의 최고연봉자로 300만 원 가까운 월급을 받는다. 김호식은 에덴에서 일하던 동료와 결혼했다. 앞이 잘 안 보이고 경미한 지적장애를 갖고 있는 그의 아내는 비닐원단 자르는 일을 한다. 알뜰한 그들 부부는 제법 넓은 아파트를 마련했고 두 아들을 모두 대학에 보냈다.

규격에 맞춰 재단된 비닐봉투에 구청 이름이 찍혀 작업대로 떨어진다. 인쇄 작업을 보조하는 여인환의 손이 바쁘다. 인환이 역시 말을 잘하지 못한다. 그러나 에덴에 처음 왔을 때에 비교하면 지금은 청산유수 격이다.

기계에서 쓰레기봉투가 떨어져 내리자 손선아가 얼른 봉투를 접는다. 선아는 언제나 머리띠를 하고 있다. 다리가 불편하고 지적장애를 가진 선아는 언니를 따라 학교를 다녔다. 이제 언니는 결혼을 했고 선아는 일을 얻었다. 언니는 날마다 선아의 핸드폰으로 문자를 보내 선아를 격려한다. 비닐봉투를 접는 모양은 구청마다 달라서 네 번 접기도 하고 세 번 접기도 한다. 단순해 보이는 봉투 접기지만 서울시 25개 구청에 맞춰 제대로 접어내기는 쉽지 않다. 선아는 안경 너머로 눈빛을 모으고 봉투 접기에 골몰한다.

봉투가 쏟아져 나오자 김현석이 바빠진다. 비닐봉투를 세서 포장하는 일이 그의 작업이다. 낱장을 세는 현석의 손은 신기에 가깝다. 숫자를 셀 때 그들은 누구도 따라올 수 없는 집중력을 발휘한다. 내게 달려들어 뽀뽀를 날릴 때의 모습은 찾아볼 수 없다.

한쪽 팔이 불편한 황문현은 한쪽 손으로 20장씩 헤아린 봉투에 스티커를 붙여 묶는다. 문현은 경리를 보는 황정희의 동생이다. 그의 옆에는 한태희가 휠체어에 앉아 스티커 작업을 하고 있다. 정년을 앞두고 걱정이 많은 한태희의 우울한 얼굴을 문현이 연신 걱정스럽게 바라본다. 나는 문현의 어깨를 슬쩍 만져주고 지나간다.

파란 자동차를 타고 온 최정희는 쓰레기봉투를 박스에 포장한다. 정희는 에덴에서 20년 가까이 일했다. 자기 소유의 아파트에 살면서 화려한 싱글을 즐기는 멋쟁이다. 주황색으로 머리를 물들인 그녀는 오늘 주황색 귀걸이까지 달았다. 빨간 안경테 너머로 나한테 눈인사를 건네고는 봉투를 포장하느라 정신이 없다. 그녀의 손은 잽싸고 눈길은 야무지다. 키가 아주 작고 말이 어눌하지만 일터에서는 명랑하고 솜씨 좋은 숙련공이다.

나는 휠체어를 밀어 바로 옆 건물에 있는 '형원'으로 간다. 형원에서는 친환경 세제를 생산한다. 주방세제도 만들고 산업용 세제도 만든다. 주방용 대용량 세제를 납품하느라 형원 식구들도 아침부터 분주하다. 원료를 배합해 넣고 있던 정영호가 나를 보고 반색한다.

"이사장님, 안녕?"

"어, 영호도 안녕? 돈은 많이 모았어?"

"아직이요, 아직 멀었어요."

"1억 원은 너무 많아. 좀 덜 모아도 돼."

"아니에요. 1억 원 모아서 국제결혼할 거예요."

다운증후군인 정영호는 말이 어눌하고 행동도 굼뜨다. 영호가 빨리 1억 원을 모아 결혼을 하도록 내게는 공장을 씽씽 돌려야 할 책임이 있다.

형원에서 일 잘하기로 최고인 안빛나가 빈 용기에 세제를 담고 있다. 한쪽 발로 페달을 누르면 세제가 나온다. 용기에 세제를 정확하고 깔끔하게 담으려면 발의 박자를 잘 맞추어야 한다. 지적장애가 있는 빛나는 고집이 세다. 그 대신 일을 하기 시작하면 끝까지 철저하게 해낸다. 내가 말을 붙여도 흘낏 보고는 일에 집중한다. 빛나는 단 1그램의 오차도 없이 정확한 양을 담아낸다.

빛나가 용기에 세제를 넣어 옆으로 넘기자 이민경이 입구를 깨끗이 닦고 뚜껑을 집어넣는다. 다운증후군인 민경이는 애교장이다. 나를 볼 때마다 주먹으로 양머리를 만들며 귀엽게 웃어준다. 서른 살이

오늘은 즐거운 월급날. 1억 원을 모아 결혼을 하는 게 꿈이라는 영호가 월급명세서가 적힌 봉투를 받아들고 웃고 있다.

훨씬 넘었는데도 열다섯 살처럼 어려 보인다. 나이가 비슷한 빛나와 민경이는 죽이 잘 맞는다. 일을 하면서도 연신 장난스런 눈짓을 주고받는다.

 "민경이 잘 있었어? 웃지만 말고 인사를 해야지." 하고 말해도 그저 웃는다. 민경이는 연예인을 좋아한다. 그중에서도 송중기를 제일 좋아한다. 민경이의 핸드폰 바탕화면은 송중기가 차지했다.

 형원을 나와 인쇄공장으로 들어가 본다. 장애인들이 참여하기 좋은 사업이라 많은 투자비를 들여 시작했다. 출판에 필요한 디자인부터 박스 포장까지 한꺼번에 해낼 수 있는 훌륭한 시설이다. 한때는 인쇄 기계가 씽씽 잘도 돌아갔는데 요즘은 출판시장이 불황이라 일거리를 찾기가 쉽지 않다. 6색 오프셋 시스템의 최첨단 인쇄시설을 갖춘 사업장이 썰렁하다. 둘러보는 내 마음이 착잡하다. 어서 빨리 일감을 받아 새로운 사람들을 받아들여야 할 텐데 마음만 바쁘다.

에덴 안의 공장들을 둘러본 후에 나는 사무실로 휠체어 바퀴를 돌린다. 사무실로 가는 로비에 이용재가 서 있다. 용재 뒤엔 커피자판기가 있다.

"이사장님, 이거!"

용재가 내미는 손바닥엔 동전 하나가 놓여 있다.

"어쩌라고? 커피 사먹어야 하는데 돈이 모자란다고?"

용재가 고개를 끄덕거린다.

"월급 받은 돈은 다 어디다 두고 만날 100원밖에 없다는 거야? 나도 돈 없어."

용재 얼굴이 시무룩해진다.

"밥은 먹었어? 이따가 점심 먹은 후에 사줄게. 이따 다시 와라."

나는 용재를 작업실로 보낸다. 비닐 가공하는 일을 돕는 용재는 자폐증이 심하다. 사회성이 전혀 없어서 사람을 쳐다볼 줄도 몰랐고, 누가 자기를 아는 척만 해도 화를 내고 공격했다. 집에서도 돌보기가 힘들어 여러 시설을 돌아다녔고 에덴에 왔다가도 적응을 못 해 집에 다시 돌아간 적도 있었다. 그러나 오랜 시간 일을 하면서 용재의 거친 성격이 조금씩 부드러워지고 상대방을 쳐다볼 수 있게 되었다. 그런 용재가 언제부턴가 자판기에 동전 두 개를 넣으면 커피가 나온다는 것을 알게 되었다. 돈 200원이란 개념은 없지만 자기 것을 하나라도 아끼기 위해 자판기 앞에 서 있다가 누가 지나가면 손바닥을 내밀고 동전 한 개를 달라고 하게 되었다. 인지능력이 생긴 게 신기해서 직원들이 저마다 100원을 보태주었더니 버릇이 되었다. 이제는 커피 중독이 될까 봐 점심식사 후에 한 잔만 먹게 한다.

부모님은 돌아가셨지만 그의 뒤에는 시동생을 끔찍이도 아끼는 형수가 있다. 금요일 오후가 되면 형수가 데리러 온다. 그러면 "나, 집에 가요." 하며 악수도 건넬 만큼 용재의 마음이 열렸다. 그의 형수는 명절이 되면 에덴으로 떡도 한 시루 쪄서 보내준다. 그런 형수가 있으니 용재는 행복하다.

• 홍 원장은 홍반장

사무실에 들어서자 컴퓨터 자판 두드리는 소리가 경쾌하다. 책상 옆으로 휠체어 바퀴와 지팡이가 삐죽 비어져 나와 있다. 사무를 보던 김상렬 사무국장이 인사를 한다. 은발의 김 국장은 참 잘 생겼다. 185센티나 되는 훤칠한 키를 휠체어에 감추었어도 훈남인 걸 숨길 수 없다. 김 국장은 본래 대통령의 경호원이었다. 그런데 1997년에 교통사고로 다리를 다쳤다. 귀염둥이 아이들이 초등학생인 때였다. 다시는 못 걷는다는 말을 듣고 사회와 단절됐다는 생각에 절망에 빠져 2년을 울고 지냈지만, 그는 에덴을 통해 사회에 성공적으로 복귀했다.

"안녕하세요, 이사장님."

사무실에 와 있던 염원삼 팀장이 인사를 건넨다. 염 팀장은 구로동에 있는 에덴장애인종합복지관에서 직업재활팀장을 맡고 있다. 에덴에서 일한 지 22년이 된 염 팀장은 손과 다리의 관절이 모두 안 좋다. 무릎이 굽혀지지 않아 뻣정다리로 일을 한다.

"어쩐 일이요? 서울에서 파주까지?"

"복지관에서 교육이 끝난 아이들을 데리고 왔습니다. 면접을 보이려고요."

"이런, 아직 새 일자리가 없어서 어쩌지?"

"새 일자리가 날마다 열 개씩만 생긴다면 좋겠습니다. 일자리 구하는 아이들을 데리고 매일매일 강을 건너오게요."

모닝커피 한 잔씩을 뽑아 마신 덕에 사무실 냄새가 좋다. 사무실 사람들은 참 조용하다. 말소리도 작고 웃는 소리도 조그맣다. 나도 그들에 맞춰 작은 소리로 아침인사를 건네고 내 사무실로 들어간다. 나는 작업장의 시끌벅적한 분위기가 더 마음에 든다.

박대성 팀장이 손가락 두 개로 칠판에 뭔가를 적고 있다. 구로동 시절부터 함께 일했던 그녀는 결혼해서 아이들을 다 키운 후에 에덴으로 다시 돌아왔다. 어릴 때 사고로 손가락 여덟 개를 잃었지만 일솜씨가 대차고 능한 여성이다.

"오늘 일정은 어떻게 되지?"

"10시에 이사회 있고요, 2시에는 직업재활의 날 행사에 대한 인터뷰하셔야 하고요, 4시에 산업용 세제 건으로 약속이 있으세요. 그리고 오후에 C특수학교에서 에덴 견학을 올 건데, 중간에 잠깐 시간 내실 수 있도록 일정 조정할게요. 참, 오늘 저녁 약속은 장소가 구로동인 거 아시죠? 서울로 나가셔야 합니다. 오늘도 하루 종일 바쁘세요."

"바쁜 건 복이야. 기쁘게 받아들여야지."

칠판에 적힌 일정을 확인하는데 홍성규 원장이 들어선다. 요 며칠 퇴근이 많이 늦는 것 같더니 얼굴이 까칠하다.

"몸 망가지지 않게 관리 잘하쇼."

"아침에 홍삼 한 봉지 마셨습니다." 하고 홍 원장이 씨익 웃는다.

"어제 찾아간 그 기업 일은 어떻게 됐지?"

"그게 말이지요, 잘 안 됐습니다."

"우리 물건이 마음에 안 든대?"

"그렇게는 말하지 않지만 좀 믿을 수 없다는 얼굴이었습니다. 저희가 받은 품질인증서랑 다 보여줘도 미덥지 않아하더군요."

"정부에서 내준 품질인증서도 안 믿으면 우리 제품이 자연 분해되는 걸 눈앞에서 보여줘야 하나? 참 답답하네그려."

이럴 때면 그동안 쏟아 부은 땀과 눈물이 안타깝기만 하다.

"그래서 중증장애인 생산품 1퍼센트 우선구매법이 있으니 받아달라고 했는데 아직 그런 게 있는지도 모르고 있었습니다."

"허, 그 법이 생긴 지가 언젠데……."

"어제 자세히 설명을 해주었으니 오늘 다시 가봐야지요. 중증장애인 생산품 우선구매제도가 잘 알려져 있지 않다는 건 우리만의 문제가 아닙니다. 널리 알리는 방법을 찾아봐야 할 것 같습니다."

"그래야겠어. 법이 아무리 좋으면 뭘 하나. 사람들이 알고 지켜줘야 말이지."

홍 원장은 여태 선 채로다. 버티고 선 그의 지팡이가 안쓰럽다.

"앉아서 이야기하지. 잠도 못 잔 얼굴인데……."

"이사장님이 앉을 틈도 안 주셨잖아요?" 하며 박 팀장이 얼른 따뜻한 차를 내 와 홍 원장에게 건넨다. 형원의 책임을 맡은 후 홍 원장은 볼이 쏙 빠졌다. 대기업들이 선점한 주방세제를 장애인들이 만들어 경쟁하자니 고생이 이만저만이 아니다.

"J사 입찰 건은 어떻게 됐나?"

"준비는 다 됐는데 확실한 것은 오후에 들어가 봐야 알겠습니다. 다녀와서 다시 보고드리죠."

"가격은 잘 썼어?"

"완전 자동화된 일반기업과는 경쟁하기 힘들겠지만 최선을 다했습니다. 가격을 낮출 수는 없으니 품질을 더 올려서 경쟁해야지요."

에덴의 크고 작은 살림을 맡아하는 홍 원장은 나와 30여 년을 함께한 사람이다. 나는 일이 있을 때마다 수시로 홍 원장을 불러 의논한다. 차분하고 꼼꼼한 그는 내가 꿈꾸고 생각하는 것들을 현실화시키는 데 가장 많은 도움을 주었고, 능력을 발휘해왔다. 그는 나의 홍반장이다.

"너무 걱정하지 말아요, 홍 원장. 잘될 거라고 긍정적으로 생각하면 다 잘될 겁니다!"

나는 일부러 큰 소리로 떠들어댄다. 내가 이렇게 큰소리를 쳐놓으면 그 뒷막음은 모두 홍 원장 차지다. 그가 알아서 모두 해결해놓을 것이다.

그 사이에 벌써 여러 통의 전화가 걸려온다. 그중의 한 통화는 원생의 어머니다. 아들 문제로 상담을 하러 온다고 한다. 무슨 일일까. 장애인들은 늘 건강이 걱정이다. 몸이 더 아파졌다는 이야기만 아니면 좋겠다는 생각을 하며 약속을 잡는다.

"이사장님, 곧 이사회 시작되는데요."

"알았어, 송학이 좀 불러줘." 하고 나는 사무실 바로 옆의 방으로 들어간다. 그곳이 내가 잠자고 씻고 신변을 처리하는 방이다. 조금 있자 송학이가 바쁘게 달려 들어온다.

"이사회 한다는데 두 시간은 걸릴 테니까 오줌 좀 빼야겠어."

송학이 말없이 소변 줄을 연결해서 오줌을 받아낸다. 언제나 미안하고 고맙다.

"이사회 중에도 힘들면 부르세요."

"아니 괜찮아, 이젠 물을 안 마실 거니까. 걱정하지 말고 가서 일 보고 있어."

송학이가 내 바지의 벨트를 단단히 채워준다. 나는 또다시 멀쩡한 얼굴이 되어 사무실로 나간다. 그 사이 이사들이 모두 들어와 있다. 나는 웃으며 큰 소리로 말한다.

"자, 회의 시작합시다."

오후가 되자 특수학교에서 견학을 왔다. 학생들은 저희와 비슷한 사람들이 일하는 모습을 살펴보며 신기한 낯빛이 된다. 공장을 둘러본 후 선생님의 얼굴이 환히 피었다.

"에덴을 보고나니 마음이 놓입니다. 우리 애들이 취직할 데가 있다는 생각만으로도 너무 기뻐요. 여러 사업장을 가보았지만 너무 영세해서 아이들을 보내기가 망설여졌거든요. 큰 기업체는 들어갈 수 있는 인원이 너무 적고요. 우리 아이들이 졸업을 해도 취직할 데가 없으니 가르치면서도 미안해요."

그러면서 선생님은 아이들에게 당부를 한다.

"여기 계신 분들 일하는 거 잘 봐뒀지? 너희들도 이다음에 꼭 에덴에 취직해라."

견학을 왔다가 면접을 보고 가는 경우도 많다. 면접실에서는 자기 이름을 쓰게 하고 종이를 반절만 접어보라고 시킨다. 일할 수 있는 최소한의 능력을 살펴보는 것이다. 그러나 우리는 일을 잘하는 능력보다는 일을 잘할 수 있다는 긍정적인 마음을 먼저 본다. 일터에 적응을 잘하는 것도 중요해서 붙임성이 있고 활동적인지도 살펴본다. 그래서 면접 때면 꼭 시켜보는 게 있다. 장기자랑이다. 복지관에서 견학 왔던 이신영은 〈곰 세 마리〉 노래를 불러서 즉석에서 채용이 됐다. 채용이 결정된 후 면접자가 물었다.

"일 잘할 수 있습니까?"

"네, 잘할 수 있습니다!"

"이제부터 화 안 낼 겁니까?"

"네, 화 안 내겠습니다! 대국민사과합니다!"

이신영의 대국민사과 발표에 다들 폭소가 터졌다. 지적장애가 몹시 심했던 신영은 에덴에서 직업훈련을 받다가 도저히 적응을 하지 못해 위탁시설로 옮겨갔다. 신영은 떠났지만 신영이의 대국민사과는 에덴 식구들의 가슴에 오래도록 남았다.

에덴에는 일자리를 기다리는 대기자의 리스트가 있다. 그들의 이름 옆에는 어떤 장애를 갖고 있으며 어떤 소질이 있는지가 소상하게 적혀있다. 면접을 하고 합격점을 받은 그들은 오늘도 일자리가 생겼다는 연락을 애타게 기다리고 있을 것이다.

왜 장애인들이 모여서 일을 할까. 많은 사람들은 이게 궁금한 모양이다. 그래서 종종 신문사나 방송사에서 취재를 나온다. KBS에서 '다큐3일'도 찍어갔다. 일터를 돌아보고 난 뒤 피디가 에덴의 식구들에게 물었다.

"몸이 불편하니까 일하기 힘들지 않아요?"

"아니요, 저는 일하는 게 좋아요. 일해서 돈도 벌고 세금도 내고, 그렇게 당당하게 살아가는 게 좋아요."

손선아가 말했다. 담당 피디는 그 말이 신기했던지 선아에게 다시 물었다.

"일하면 힘들잖아요?"

"아니요, 일하면 행복해요. 나도 한 사람의 성인인데 부모님한테 손 벌리는 것도 부끄럽고 이렇게 일을 해서 홀로서기를 해야 떳떳하지 요. 일을 해서 살아가는 게 사람답게 사는 거예요."

텔레비전을 보면서 나도 이상한 기분이 되었다. 일하는 게 뭐가 좋단 말인가? 세금을 내는 건 또 뭐가 좋은가? 다들 일하기 싫어하고 세금을 내지 않으려고 애쓰는데 왜 선아는 거꾸로 생각하고 있을까?

손선아만 그런 게 아니다. 최정희도 일하는 게 좋다고 대답했다.

"일하는 게 즐거워요. 일하기 전에는 집에서 진짜 우울하게 지냈어요. 어디 나갈 데도 없고 나가고 싶지도 않았어요. 나가봐야 다들 이

뭐가 되고 싶냐, 무엇을 하고 싶으냐는 질문조차 받지 못하던 장애인. 하지만 우리에게 일은 그 자체로 재활이고 자존감의 원천이며, 세상과의 연결 통로다.

상한 눈으로 쳐다보고……. 아침이면 예쁜 옷 입고 출근하는 사람들이 부러웠어요. 일을 하려고 여러 군데에 지원서를 넣었지요. 직접 찾아가기도 했고요. 그러나 아무도 일을 시켜주지 않았어요. 그러다 장애인들이 모여 일하는 데가 있다고 해서 어렵게 찾아온 거예요. 처음엔 일이 서툴러 아주 적은 돈을 받았지만 그래도 무조건 좋았어요. 나도 일을 해서 돈을 번다는 게 얼마나 기쁜지 밤마다 춤추고 싶었어요. 그러나 더 좋았던 건 몸이 좋아지는 거였어요. 집에 있을 때는 늘 몸이 붓고 쑤시고 아팠는데 일을 하는 사이에 붓기도 사라지고 쑤시는 데도 없어졌어요. 게다가 전자제품을 조립하는 일을 하다 보니 손의 움직임도 더 섬세해지고 집중력도 생겼어요. 일을 하면서 제 몸이 점점 더 좋아지는 게 신기했어요."

키가 130센티인 최정희는 카메라를 향해 숨도 쉬지 않고 이렇게 말했다. 마치 오래전부터 준비해왔던 것처럼 그녀의 말솜씨는 똑 부러졌다.

최정희는 퉁퉁 부은 얼굴로 20년 전에 나를 찾아왔다. 키가 무척 작아 작업대를 기어 올라가야 할 정도였다. 온몸이 아프다는 그녀는 이마에 살기 싫다고 쓰여 있었다. 그러나 지금은 더할 수 없이 밝다. 키는 그때보다 10센티도 넘게 자랐다. 서른이 넘어 마흔 살이 되도록 키가 자랐다는 이야기다. 지금 그녀를 보면 20년 전 모습은 상상도 할 수 없다.

어른들은 아이를 보면 묻곤 한다 너는 이다음에 뭐가 될래? 뭐가 되고 싶니? 아이의 미래가 궁금한 것이다. 아이들은 답한다. 경찰관이 되고 싶어요, 간호사가 되고 싶어요, 비행기 조종사가 되고 싶어요…… 그러나 아이가 장애를 갖고 있을 때 사람들은 뭐가 되고 싶은지 묻지 않는다. 장애를 가진 아이가 일을 할 수 있으리라고 생각하지 않고, 미래가 있단 생각도 하지 않는다.

뭐가 되고 싶냐, 무엇을 하고 싶으냐는 질문조차 받지 못하던 장애인. 그것도 중증, 중복 장애인들이 바로 나와 함께 일하는 에덴의 식구들이다. 하나부터 열까지조차 세지 못하고, 자기 안에 갇혀 아무하고도 소통하지 못한다. 휠체어가 없으면 한 발자국도 움직이지 못하고 가슴과 등으로 비어져 나온 혹 때문에 평생 몸을 펴고 누워본 적이 없는 그들이 기계를 돌리고 비닐봉투를 만든다. 까다로운 공정과 빠듯한 납기를 지키며 불량품이 생기지 않도록 정성을 다해 상품을 만들고 포장한다.

어떤 사람의 눈에는 하찮은 일로 보일지 모르지만 이곳에 있는 식구들에게는 소중한 직업이다. 자립의 방편이고 자긍심의 원천이며, 세상과의 단절과 소외 없이 당당한 사회인이 되게 하는 동아줄이다. 일, 그 자체가 행복을 만들어내는 행복공장인 셈이다.

장애인에게 지속적인 일은 그대로 재활이 된다. 단순작업을 되풀이하는 것이 최선의 물리치료고 재활훈련이다. 비닐봉투 접기를 하는 동안 팔에 힘이 생기고 스무 장씩 묶어 스티커를 붙이는 새에 숫자를 셀 줄 알게 된다. 아무리 가르치려고 해도 안 되던 것들이 일을 통해서 자연스레 습득되는 것이다. 직업재활이야말로 장애인을 위한 최종 재활이다.

세상에서 가장 낮은 사람들이 모여 만든 가장 행복한 공장. 이 안에서 나와 에덴의 식구들은 월화수목금요일 열심히 일을 한다.

• 일요일 저녁의 뜸북새

일 하느라 분주하던 에덴도 주말엔 조용하다. 다들 집에 돌아가고 기숙사에 남은 식구들은 몇 되지 않는다. 주말에도 기숙사가 비지 않으니 에덴의 식당은 365일 가동된다. 여름휴가를 일주일씩 주어도 휴가를 갈 형편이 되지 못하는 사람들은 그때도 기숙사에서 지낸다. 기숙사비 17만 6천 원은 10년 전부터 지금까지 변함이 없다.

한가한 일요일 오후면 삼삼오오 나무그늘이나 로비에 모여 이야기를 나눈다. 주일 예배를 마친 나도 이리저리 휠체어를 밀고 다니면서 그들의 이야기에 끼어든다.

황선만의 휠체어 옆에 김현정이 앉아있다. 나는 그들 곁으로 다가가 농담을 건다.

"왜 손 안 잡아? 요즘은 연애 안 해?"

점잖은 황선만이 얼굴을 붉힌다. 지체장애인 황선만은 44살, 지적장애인 김현정은 38살이다. 몸이 가늘고 약한 현정은 스무 살로밖에 보이지 않는다. 4년째 연애 중인 그들은 이미 임대아파트를 분양받아 놓았다. 결혼식을 올리게 되면 기숙사를 떠날 것이다. 우리가 이야기하고 있는 것을 알고 지봉구가 쫓아온다. 봉구는 언제나 그렇듯이 선만의 휠체어와 현정의 사이에 끼어 앉는다.

"사이좋은 부부 사이에 끼어 앉으면 어떻게 해?"

"내가 먼저 좋아했어요."

"이제 황선만의 색시가 될 거야."

"그래도 좋아요, 지금도 제일 예뻐요."

지봉구는 이야기꾼이다. 누구든 처음 만나면 그럴듯한 이야기로 혼을 쏙 빼놓는다. 자기와 내가 세브란스병원에 함께 입원해있었다는 말을 그럴 듯이 해서 다들 그런 줄 안다. 그러나 아니다. 봉구는 이제 43살, 내가 병원에 있을 때 그는 아주 어린아이였다. 술술 풀어내는

여가시간에 마당에 모여 훌라후프 돌리기 시합을 하며 노는 에덴 식구들.

이야기를 모아 책을 쓰면 아마도 천일야화 못지않을 것이다. 봉구는 요즘 한글을 열심히 배우고 있다.

봉구가 떠드는 옆에서 정현우는 가만히 웃기만 한다. 현빈을 쏙 빼닮은 현우에게 묻는다.

"현우, 몇 살이지?"

"스물칠!"

"스물일곱?"

현우가 머리를 젓는다.

"스물칠!"

나는 잘 생긴 현우를 보고 웃는다. 스물칠이라고 하면 어떤가? 현우는 에덴에서 일한 지 6년이 됐다. 처음엔 열을 세지 못했지만 지금은 쓰레기봉투 스무 장을 헤아리는 일을 썩 잘한다.

"정현우는요, 연상의 여자만 좋아해요." 하고 봉구가 끼어든다. "현우가 좋아하는 연상의 여자가 누구야?" 하고 내가 묻자 현우는 부끄러워 어쩔 줄 모른다. 그때 저만치서 여인환이 들어온다. 마흔 살의 인환은 키가 작은 양인선을 좋아한다. 일이 끝나고 나면 둘이 근처의 마트로 아이스크림을 사먹으러 나간다. 그런데도 "둘이 좋아하지?" 하고 물으면 꼭 아니라고 한다. 그게 재미있어서 나는 자꾸 묻는다.

"인선이는 어디 가고 너만 오냐?"

인환은 모르는 척 도리질을 친다. 그러나 인환의 바로 뒤에서 과자 봉지를 든 인선이 나타나다 이들의 사랑은 도무지 숨길 수기 없다.

에덴의 식구들에게 세상 나이는 아무 의미도 없다. 이들의 사랑을 보고 있으면 하이틴 드라마를 보는 기분이다. 그래서 나는 이들이 좋다. 언제까지나 '아이'로 살고 있는 순진한 마음이 좋다.

그런데 로비 한 구석에서는 한태희가 우울한 얼굴을 하고 있다. 휠체어에 앉은 그의 마른 몸이 아주 조그맣다. 나는 그에게로 간다. 7년 전부터 에덴에서 일하기 시작한 그는 지금 예순 살이다. 내년이면 정년퇴직을 해야 한다. 얼마 전 그가 내게 편지를 보냈다. 편지엔 '정년퇴직해서 에덴을 나가면 죽어버리겠다'고 쓰여 있었다. 부모님이 돌아가시고 여동생만 남아있으니 퇴직하고 돌아갈 데가 마땅치 않다. 장애 아동부터 노인들까지 모두 함께 어울려 살 수 있는 에덴을 만들고 싶지만 아직은 능력 밖이다. 그날 이후 한태희의 고민은 우리 모두의 고민이 되었지만 아직도 답을 찾지 못했다.

"인사를 해야지." 하고 말을 걸자 말없이 고개를 꾸벅한다. "아직도 갈 데가 정해지지 않았어?" 이번에도 대답은 없이 고개만 수그린다. "여동생한테서 연락이 올 거야. 조금만 기다려 봐."라고밖엔 말할 수 없는 내가 너무도 안타깝다.

일요일 오후 5시, 집에 돌아갔던 사람들이 에덴으로 돌아온다. 왁자지껄한 웃음소리가 들리며 기숙사가 어수선해진다. 일을 하기 위해 작업장으로 복귀하는 그들의 입이 귀에 걸려있다. 일하러 오는 것이 그리 좋을까. 보고 있는 나도 절로 웃음이 난다.

나는 수문장처럼 로비에 앉아 돌아오는 아이들하고 반가운 인사를 나눈다. 농아들은 손짓으로 내게 인사를 건넨다. 나도 손을 흔들어 화답한다. 사회성이 없어 그냥 지나치는 녀석들은 내가 쫓아가서 인사를 받아낸다. 현석이도 그렇게 친해져 이제는 나만 보면 뽀뽀를 해댄다.

사람들이 기숙사로 들어가고 방마다 불이 환히 켜졌다. 여기저기에서 이야기꽃이 필 것이다. 기혼 기숙사에서 아코디언을 연주하는 소리가 들린다. 창순이다. 창순이의 연주를 시작으로 이 방 저 방에서 아코디언 연주가 시작된다. 수요일 점심시간 후에는 아코디언 교실이 열린다. 에덴의 아코디언 연주 팀은 유명하다. 여러 곳으로 초청연주를 다닐 정도다.

나는 마당으로 휠체어를 밀고 나간다. 기숙사를 밝힌 불빛이 어둠이 내린 마당을 고요하게 밝혀준다.

'뜸북뜸북 뜸북새 논에서 울고 뻐꾹뻐꾹 뻐꾹새 숲에서 우네.'

아코디언 소리는 이제 화음을 이뤄 저녁의 어스름 속으로 울려 퍼진다. 마당 한가운데서 나는 혼자 어깨를 들썩거린다. 발가락도 못 움직이는 전신마비장애인이지만 내 마음은 이미 춤을 추며 들판으로 달려가고 있다. 살아있어 참 행복하다.

목이 꺾이기 전 세상의 중심은 나였다. 내가 최고였다.

혼자 힘으로 뭐든지 다 할 수 있다고 믿었다. 그러나 장애인이 되고 나니

나는 아무 것도 아니었다. 밥을 먹고 얼굴을 씻는 일조차 남의 도움이 없으면 불가능했다.

어린 아들이 오줌 시중을 들어주기도 했다.

세상의 밑바닥으로 내려가니 비로소 세상이 보였다.

2장

세상에서
가장 강한 사람,
세상에서
가장 약한 사람

• 3일 넘기기 어렵습니다

그날은 몹시도 무더운 토요일이었다. 1972년 8월 1일. 버스가 의암호에 추락해서 22명이 목숨을 잃고 12명이 크게 다쳤다. 라디오에선 사고를 당한 사람들의 이름이 계속 흘러나왔다. 뉴스를 듣던 아내가 혀를 끌끌 찼다.

"한 치 앞을 모른다지만 너무 안 됐네요. 오늘은 운수가 사나운 날인가 봐요."

"그런 게 어딨어? 오늘 운수 대통한 사람도 많을 텐데." 하며 내가 운동복을 챙겼다. 대한유도회에서 주관하는 여름특별훈련에 참여하기 위해서였다.

"토요일인데도 훈련 가려고요?"

"다음 주에 후배들이랑 피서를 가기로 해서 오늘은 좀 뛰어줘야 해."

"뉴스도 안 좋은데 오늘은 그냥 쉬지 그래요?"

"그게 핑계거리가 돼? 얼른 마치고 올게."

나는 재권이를 번쩍 들어 올려주곤 집을 나섰다. 밖으로 나오자 후텁지근한 공기가 살에 들러붙었다. 하루 쉴 걸 그랬나, 나는 내키지 않는 마음으로 성균관대학 유도장으로 갔다.

그날 훈련 상대는 동료선수였다. 그는 나보다 20킬로그램이 더 무겁다. 국가대표 선발 때마다 순위를 다투던 사이라 서로의 경기 스타일을 아주 잘 알았다. '왼쪽 낮은 업어치기'는 나의 특기다. 아버지를 닮아 키가 크고 힘이 좋은 나는 세상 어떤 상대라도 순식간에 업어치기로 눕힐 수 있는 자신이 있었다. 허리후리기의 명수인 상대방한테 허리를 내주지 않으면서 그를 내 어깨 위로 들어 올려야 한다. 나는 기술을 걸기 위해 동료선수의 허점을 노렸다. 그 역시 내 허점을 노리고 있었다. 우리는 마주보고 배회하는 짐승처럼 서로를 노렸다.

매트 위를 빙글빙글 돌던 동료가 마침내 내 작전에 말려 어깨 너머로 들려 넘어갔다. 나는 호쾌한 기합소리를 내뱉으며 동료를 업어 쳤다. 동료의 몸과 함께 나도 매트로 떨어졌다. 이제 나의 또 다른 특기인 누르기만 들어가면 한판승을 따낼 참이었다. 나는 동료를 눌러 제압하려고 재빨리 몸을 일으켰다. 그런데 이상했다. 일어나려는 마음뿐, 내 몸은 일어나지지 않았다. 아무리 용을 써도 꿈쩍도 하지 않았다. 잠시 후 몸을 일으켜 일어난 사람은 동료선수였다. 그를 넘기기 전에 내 목이 먼저 꺾였고, 방어를 하려던 동료에 의해 내가 매트 바닥에 깔려버렸다. 순간 눈에서 번갯불이 튀고 목에서는 벼락 치는 소리가 들렸다.

"사고다!"

"목이 부러졌다! 목이 꺾였어!"

여기저기서 비명소리가 터져 나왔다. 나는 목이 브이자로 꺾인 채로 바닥에 누워 있었다. 온몸이 늘어져버려 손끝 하나 까딱할 수 없었다. 숨도 쉴 수 없었다. 그런데도 정신은 또렷했다. 이대로 죽을지도 모른다고 생각했다. 아침에 안아주던 재권이 얼굴이 떠올랐다. 당황해서 웅성거리는 소리, 구급차를 부르라는 다급한 외침, 그리고 누군가 도장 밖으로 뛰어나가는 발소리 따위가 뒤엉켜 들렸다.

숨이 막혀 죽을 지경일 때 양인호 사범이 내 머리 위로 올라왔다. 그리고 내 양어깨를 발로 누르고 목을 잡아 뺐다. 인형 목처럼 내 목이 떨꺽 하고 빠지며 숨이 쉬어졌다. 나는 입을 벌린 채로 가까스로 숨을 쉬었다. 내가 얼마나 다쳤나 묻고 싶었지만, 혀가 말려들어가 말을 할 수 없었다.

"부러진 목을 잡아 빼다니 위험천만한 일이 아니야?"

"이렇게라도 하지 않으면 숨을 못 쉬게 돼서 금방 죽어."

구급차가 오고 나는 거꾸로 매달린 채로 실렸다. 나에게 할 수 있는 응급조치는 그게 전부라고 했다. 목숨은 경각에 달렸는데 이상하게 정신은 말짱했다. 내 손이 어디 있는지, 내 발이 어디 있는지 도무지 알 수가 없었다. 모든 게 나한테서 아스라이 멀었다. 몸과 정신이 분리된 듯 모든 게 정지된 상태에서 내 정신만 또렷이 살아있었다.

구급차의 천장을 쳐다보면서 지금 내게 무슨 일이 일어나고 있는

44

걸까 생각했다. 유도는 본래 자기 몸을 보호하기 위해 익히는 운동이
므로 상대방에게 기술을 걸다가 자신이 다치는 경우는 희귀할 정도로
드물다. 그런데 그 희귀한 일이 나한테 일어난 것이다.

세브란스병원 응급실에 내리자마자 중환자실로 실려 갔다. 의사들
이 달려들어 내 코에 산소호흡기를 씌웠다. 의사들이 나를 빙 둘러쌌
다. 그들 중의 누군가가 말했다.

"경추 4번과 5번이 골절되어 탈골됐습니다. 환자는 사흘을 넘기기
어렵겠습니다."

마치 라디오에서 의암호 사고 뉴스를 듣는 것처럼 의사의 사흘연명
선언을 들었다. 소식을 듣고 달려온 아내의 울음소리가 들렸다. 목이
부러진 나는 아내가 어디 있는지 돌아볼 수 없었다.

간호사들이 내 머리카락을 밀었다. 그리고 나는 잠시 후 정신을 잃
었다. 깨어났을 때는 머리가 깨질 듯이 아팠다. 머리를 돌릴 수도, 고
개를 들 수도 없었다. 그저 참을 수 없이 머리가 아팠다. 내 머리엔 쇠
로 된 둥근 관이 두 개 씌워 있었다. 그리고 관의 구멍에 철심을 박아
목을 고정하고 머리뼈에 두 개의 구멍을 내어 무거운 추를 매달았다.
머리가 목 뒤로 꺾일 것같이 무거웠다. 나는 어찌 될까, 산소호흡기로
숨을 쉬면서 생각했다.

"목뼈를 바로 세워야 호흡을 할 수 있기 때문에 추를 달아 고정시켰
습니다. 척추환자는 수술이 관건인데 환자분은 수술을 하기가 어렵습
니다."

"왜 수술을 하지 않나요?"

아내가 매달리듯이 물었다.

"지금은 체력이 달려 수술을 할 수 없어요. 열이 40도나 되는데다 경추가 부러지면서 횡격막을 건드려서 산소호흡기 없이는 숨쉬기도 힘듭니다. 일단 몸의 중심은 잡아놓았으니 지켜보시죠."

아무리 그렇더라도 뭔가 해봐야 하는 거 아니냐고, 설령 수술을 하다 죽더라도 수술실에 들어가 보긴 해야 하는 거 아니냐고 나는 소리쳤다. 그러나 아무 소리도 나오지 않았다. 목구멍까지 말려들어간 혀가 펴지지 않았다. 이대로 죽는구나 하고 생각하자 말할 수 없이 무서웠다. 나는 단 한 번도 나의 죽음에 대해 생각해본 적이 없는 스물일곱 살이었다.

죽음의 공포보다 더 무서운 건 통증이었다. 온몸이 찢기듯 아팠다. 혈관을 타고 통증이 흘러 다니는지 구석구석 아프지 않은 데가 없었다. 주물러도 아프고 쓰다듬어도 아팠다. 경련을 일으키며 고통스러워하는 나를 보다 못해 아내가 진통제라도 놓아달라고 했다.

"체력이 떨어져 진통제를 놓으면 아예 못 깨어나실 수도 있습니다."

심한 훈련으로 뭉개져 일그러진 내 귀 너머로 의사의 말소리가 들렸다. 진땀과 범벅이 된 뜨거운 눈물이 병실 바닥으로 후드득 떨어져 내렸다.

"덕환아, 너무 승부에 집착하지 마라. 단을 따는 것, 선수의 명예에도 너무 매달리지 마라."

고등학생으로 일반인을 이기고 승승장구할 때 큰형님은 내게 말했다. 그때 나는 속으로 코웃음을 쳤다. 선수가 됐으면 이기려고 애써야 하는 거 아닌가. 기를 쓰고 이기려 들었고, 또 이겼다. 그러나 이제 나는 더 이상 이길 수 없다.

전신마비 환자는 핏줄이 모두 숨어버린다. 그래서 혈관주사도 놓지 못한다. 몸이 마비되었을 뿐 정신이 말짱한 나는 중환자실에 있는 게 너무 힘들었다. 하루에도 몇 명씩 죽음을 맞고 떠나는 소리를 들을 때마다 그다음은 내 차례가 아닌가 두려웠다.

그러나 사흘을 넘기기 어렵다던 나는 나흘째도 살아있었다. 닷새째도 또 살아있었다. 그렇게 거짓말처럼 한 달을 넘기며 살아있었다. 고열도 서서히 떨어졌다. 나는 살아났지만 여전히 쇠로 된 면류관을 쓰고 중환자실에 있었다.

쉼 없이 통증이 찾아왔다. 쥐가 나듯 몸이 굳으면서 경련이 일어나면 살과 뼈가 분리되어 찢어지는 것처럼 지독하게 아팠다. 보다 못한 간호사들이 중환자실로 식구들을 불러 주무르게 해줬다. 아내와 어머니가 번갈아 팔다리를 주무르고 병문안을 온 후배들까지 나섰지만 아무 소용이 없었다. 통증에 시달릴 때마다 살아난 것을 저주했다.

입원한 지 일주일 만에 욕창이 번지기 시작했다. 살이 문드러지고 고름이 흘렀다. 내 몸을 들척이던 간호사가 코를 싸안았다. 아내가 내 몸을 억지로 들추고 들여다보더니 소리를 지르며 울었다. "얘야, 살이 썩어서 네 등허리에 구멍이 숭숭 뚫렸구나. 이 지경이 되도록 어찌 모른다 말이냐? 그러고도 네가 살아있는 기냐?" 희먼시 이미니도 우셨다.

간호사 대신 아내가 나섰다. 한쪽 등에 베개를 받치고 반대쪽 등을 알코올로 씻어내고 또 반대쪽을 고이고 다른 쪽 등을 씻어냈다. 핀셋으로 고름을 후벼 파고 썩은 살을 떼었다. "여보, 안 아파요? 아프면 소리를 질러요." 하고 아내는 조심조심 썩은 살점을 들어냈다. 그러나 나는 내 등에서 무슨 일이 일어나는지 알지 못했다. 내 살을 떼는데도 몰랐다. 내가 그런 상태라는 걸 아내가 이해하기까지는 꽤 긴 시간이 걸렸다.

등과 엉덩이에 차오른 고름은 아무리 닦아내도 이튿날이면 또다시 고이더니 마침내 머리까지 욕창이 올라왔다. 욕창이 좀처럼 나아질 기미가 없자 턴 베드로 옮겨졌다. 팔 돌리기 연습을 하는 모양의 커다란 굴렁쇠가 침대 머리맡에 달려있었다. 침대에 내 몸을 묶고 아내는 두 시간마다 굴렁쇠를 돌렸다. 그러면 내 몸이 묶인 침대가 빙그르르 돌아가 순식간에 위아래가 뒤집어졌다. 나도 침대와 함께 거꾸로 뒤집혔다. 그렇게 거꾸로 매달리면 침대와 내 등허리 사이에 간격이 뜨고 그 사이로 바람이 들어가 욕창이 호전된다고 했다.

병원에 실려 온 지 75일 만에 수술을 했다. 11시간이나 걸린 대수술이었다. 골반 뼈를 잘라 목에 이식한다고 했다. 기대는 컸지만 결과는 좋지 않았다. 목뼈를 이어붙였지만 전신마비는 풀리지 않았다. 경추가 부러져 중추신경 지나는 곳을 손상시켰기 때문이라고 했다. 수술이 끝나고도 나는 여전히 침대에서 꼼짝도 못 했다.

지독히도 더운 여름을 뒤로 하고, 바깥세상의 산들은 단풍으로 물들어가고 있었다.

• 나는 국가대표 선수

어려서부터 공부에는 취미가 없었다. 누나나 형들은 모두 공부를 잘했지만, 어머니도 아버지도 막내인 내게 공부 못한다고 뭐라 하지는 않으셨다. 눈을 뜨면 잠들 때까지 온 동네를 뛰어다니며 놀았다.

공부엔 취미가 없었지만 운동은 누구보다 잘했다. 달리기를 하면 다람쥐처럼 재빠르게 달렸고, 씨름을 하면 어른들까지도 훌렁 넘겨버렸다. 아버지를 닮아 형제들도 모두 운동을 잘했다. 큰형님은 유도 4단이었다. 나도 유도를 하고 싶었지만 청량중학교에는 유도부가 없었다. 하는 수 없이 야구부에 들었다. 덩치가 크고 어깨 힘이 좋은 덕에 포수를 맡았지만 큰 재미는 느끼지 못했다.

그러다 중3 때 재미삼아 동대문 유도장엘 나갔다. 당시 대한체육회 회장이던 민관식 씨가 연 도장이었다. 도장 안은 선수들의 고함과 땀내로 후끈했다. 넓은 운동장에서 공을 치고 달리는 야구와 달리 사방이 막힌 유도장에선 야생의 냄새가 물씬 났다. 사각매트 위에서 벌어지는 한판 승부는 그야말로 사자와 호랑이의 결투처럼 숨이 막혔다. 맨몸을 맞대고 짧은 순간에 온갖 기술과 작전을 송두리째 쏟아 붓는 유도의 매력에 나는 흠뻑 빠져들었다. 매일같이 도복을 챙겨들고 동대문 유도장으로 나갔다. 천정을 뚫어버릴 듯한 기합소리와 맨발의 사내들이 엉겨 붙어 내뿜는 뜨거운 열기가 무작정 좋았다.

나는 띠도 제대로 맬 줄 모르는 채로 저벅저벅 매트 위로 올라섰다. 기술이 있을 리 없었다. 또래에 비해 유난히 힘이 좋았던 나는 어렵지

중3 때 우연히 유도의 매력에 빠진 나는 입문한 지 몇 달 만에 전국대회에 나가 1등을 했다. 유도 명문 성남고등학교에 스카우트되었고, 3학년에는 국가대표 선수가 되어 태릉선수촌에 입소했다. 중학교 3학년 유도 입문 당시(위)와, 국가대표가 되어 태극마크를 달고 태릉선수촌에서 훈련하던 고등학교 3학년 당시(아래).

않게 상대방을 들어 매트에 던져버렸다. 띠를 따는 게 얼마나 어려운 줄 몰랐으니 흰 띠든 검정 띠든 조금도 두렵지 않았다.

그해 가을, 첫 시합에 나갔다. 유도를 시작한 지 불과 몇 개월 만이었다. YMCA 창립기념 유도대회는 전국의 사설 도장에서 두 명씩 뽑혀온 선수들이 체급과 나이 구분도 없이 맞붙어 싸우는 대회였다. 매트에 오르자 여기저기서 웃음소리가 났다. 하룻강아지가 호랑이굴 속에 들어왔다는 비웃음이었다. 그러거나 말거나 나는 첫 번째 만난 선수를 번쩍 들어서 엎어 쳤다. 승리였다. 두 번째 선수도 그렇게 어이없이 내 어깨 위로 넘어가버렸다. 세 번째, 네 번째 모두 나의 완벽한 승리였다. 고등학생도 이기고 일반인도 이겼다. 그렇게 많은 선수들을 제치고 결승전에 올랐다.

상대는 경희대학교 체육학과 대표선수였다. 결승에서 진다고 해도 나는 잃을 게 없었다. 초조한 건 상대방이지 내가 아니었다. 마음이 편안하니 상대선수의 허점이 더 잘 보였다. 그를 번쩍 들어 메쳤다. 사방에서 환호성이 터져 나왔다. 이변이 일어난 것이다. 민관식 관장은 내 손을 잡으며 크게 기뻐했다. 그리곤 대한유도회가 운영하는 소공동 도장에 나가 훈련할 수 있도록 해주었다. 그곳은 쟁쟁한 선수들이 훈련하는 곳이었다.

졸업이 한참 멀었는데, 성남고등학교에서 스카우트 테스트를 하지 않겠느냐는 제의가 들어왔다. 성남중학교와 고등학교는 유도의 최고 명문학교였다. 성남중학교 유도부의 최고 선수 7명과 한 자리에서 시합을 하는 것으로 내 실력을 테스트하겠다고 했다. 성남고등학교 유도부가 외부에서 선수를 스카우트할 때 하는 특이한 시험방식이었다. 한 선수와 시합을 해서 나가떨어지면 다시 일어나 두 번째 선수와 겨루고, 또 일어나서 세 번째 선수의 공격을 받는 것이다. 선수로서의 실력과 근성을 보기 위한 지옥의 관문이었다. 그러나 나는 달랐다. 매트에 일곱 번 나가떨어지는 대신 일곱 명의 베스트 멤버를 매트에 눕혀버렸다. 나는 장학금을 받으며 성남고등학교에 입학했다.

내 이름은 고등학교 유도계에 널리 퍼졌다. 1학년 때 초단을 따서 검은 띠를 맸다. 2학년 때는 2단을 땄다. 3학년이 되어선 국가대표 선수가 되어 태릉선수촌에 입소했다. 출석일수를 맞추기 위해 어쩌다 학교에 가면 국가대표 선수가 왔다고 다들 추켜세웠다.

전국 종합선수권 대회에 나가 다른 국가대표 선수들과 겨뤄 3등을 했다. 고등학생이 일반선수들을 제치고 메달을 따자 일간지마다 내 기사가 크게 실렸다. 한국 유도의 기대주, 한국 유도의 희망 등 많은 수식어가 내 이름자 앞에 붙었다.

"이번 대회에서 두드러진 신인으로는 대표급 선수인 이상찬 등을 제압하고 올라와 준결승전에서 김종달에게 아슬아슬한 접전 끝에 진 정덕환(성남고) 선수를 들고 있다."

어느 신문에는 이렇게 경기를 분석한 해설기사도 실렸다. 아버지의 입이 귀에 걸렸다. 아버지는 빌딩에 대리석을 붙이는 사업을 하셨는데, 당시 동대문극장의 외벽공사 중이었다. 극장 공사는 영화상영이 끝난 뒤에만 할 수 있어 늘 야간작업을 했다. 아버지는 밤늦게까지 공사 감독을 하다가 통행금지 시간에 걸리면 극장 매표소에서 주무시곤 했다.

내 기사가 실린 신문을 보고 기분이 좋아진 아버지는 그날 밤 인부들한테 막걸리 한 잔씩을 돌렸다. 그리고 통행금지 시간이 가까우니 집에 들어가지 못한다고 어머니께 전화를 걸었고, 어머니는 평소처럼 '연탄가스를 조심하라'고 당부했다. 예전의 극장 매표소 안엔 연탄불을 지피는 온돌이 깔렸었다. 따뜻한 온돌에 누운 아버지는 금방 잠이 들었고 두 번 다시 일어나지 못하셨다. 구들장 틈새를 파고 들어온 연탄가스가 원인이었다. 돌아가신 아버지 옆에는 내 얼굴이 실린 신문이 놓여있었다. 아버지는 잠들기 전까지도 내 기사를 읽고 또 읽으셨던 것이다.

졸업을 앞두고 여러 대학에서 스카우트 제의가 들어왔다. 연세대와 고려대를 놓고 고민하던 나는 형님과 매형이 다니던 연세대학교를 선택했다. 성남고등학교 출신의 많은 선배들이 포진해있기도 했다. 등록금을 비롯해서 훈련을 위한 많은 지원을 약속받고 연세대학교에 진학했다.

국가대표 선수로 태릉선수촌과 대학을 오가는 생활이 계속됐다. 훈련은 고됐지만 고된 줄도 몰랐다. 땀 흘린 만큼 실력이 늘고, 실력만큼 승부가 갈리는 유도가 좋았다. 나는 타고난 승부사였다. 시합이 시작되면 도무지 물러설 줄 몰랐다. 상대방의 허점을 물고 늘어져 번개같이 상대방을 잡아 업어 쳤다. 그리고 주을힘을 더해 '싱대빙을 짓눌렀다. 그런 덕에 나의 귀는 엉망으로 뭉개지고 귓불이 뭉쳐 혹이 돼버렸다.

"정덕환! 넌 레슬링을 하는 거야, 유도를 하는 거야? 너무 심한 거 아냐?"

그런 말을 들을 때마다 나는 싱긋 웃었다. 25초 동안 상대선수가 일어나지 못하면 한 판을 이긴다. 승부가 갈리는 건데 귀 뭉개지는 것쯤이야 무슨 상관인가.

대학 선수권대회를 2연패했다. 또 1966년 일본 관서지방 선수권대회에서는 7전 7승, 전승을 했다. 유도 종주국을 자처하는 일본에서 일본 선수들을 완전히 제압한 기쁨은 이루 말할 수 없었다.

대학 2학년을 마치고 육군에 입대했다. 군대에서도 육군 대표선수로 뛰었다. 베트남에서 열린 국제 군인 유도선수권대회에 나가 우승했다. 제대를 하기 전에 이미 전매청 소속이 되어 뛰기도 했다. 3학년에 복학을 한 뒤에도 나는 여전히 국가대표 선수였다. 아시아 선수권대회, 세계 선수권대회, 동경올림픽 선수권대회, 유니버시아드 대회 등에 나가 우승과 준우승을 했다. 대통령배 쟁탈 유도대회에서는 3연패를 했다. 나는 승률 85퍼센트를 자랑하는 올림픽 유망주였다.

아름다운 여자를 만나 연애를 시작했고, 1969년 스물네 살의 나이로 결혼했다. 첫아들 재권이가 태어났다. 마침 영국에서 유도 코치로 와달라는 초청도 받았다. 겨울만 지나면 아내와 아들을 데리고 영국으로 갈 참이었다. 거칠 것 없는 날들이었지만, 이제는 모두 꿈이 되어버렸다.

• 재활 전쟁

"오늘부터는 물리치료를 시작합니다."

힘 좋은 남자 간호사들이 내 몸을 번쩍 들어 카트로 옮겨 실었다. 나는 침대카트에 실려 물리치료실로 갔다. 이런 몸으로 무슨 물리치료를 받는다고. 헛웃음이 터져 나왔다.

"유도 국가대표 선수였다는 이야기는 들었어요. 이제 다시 일어나 유도를 해야겠지요?"

금발의 여자 물리치료사였다. 캐나다 선교사인 그녀는 구애련이란 한국 이름표를 달고 있었다.

"자, 이제 일어나 앉아보세요."

그녀의 말이 떨어지기가 무섭게 건장한 청년 두 명이 달려들어 내 몸을 일으켰다. 허리가 꺾어지는 고통에 비명을 질렀다. 청년들의 완력으로도 허리는 접히지 않았다. 나는 일어나 앉을 수 없었다.

내 몸은 다시 다른 침대로 옮겨졌다. 구애련이 천천히 침대 머리맡을 들어올리기 시작했다. 비명소리와 함께 내 허리가 아주 조금 세워졌다. 그날부터 구애련은 내 허리를 날마다 아주 조금씩 일으켜 세웠다. 다시는 일어나 앉을 수 없으리라 생각했던 내가 시간이 지나면서 아주 조금씩 허리를 일으키더니 한 달여 만에 침대에 일어나 앉을 수 있었다.

그녀는 내 등과 엉덩이의 욕창도 치료해주었다. 나를 침대에 엎어 놓고는 고름이 잡힌 자리마다 구멍을 내고 적외선을 쪼였다. 턴 베드에 매달려 바람을 쏘여도 낫지 않던 욕창이 적외선을 쬐면서 서서히 좋아졌다.

"덕환 씨, 당신 다리는 진짜 훌륭해요. 저는 이렇게 튼튼한 다리를 본 적이 없어요. 이런 다리로 걷지 못한다면 말이 안 되지요. 이제 걷는 연습을 합시다."

구애련은 나를 커다란 물통에 집어넣었다. 겨드랑이에 보호대를 넣었지만 너무 무서웠다. 물이 허리춤까지 올라왔다. 물에 빠져 죽을지도 몰라 겁이 났다. 그러나 그녀는 멈추지 않았다.

"하나 둘 구령에 맞춰 걸으세요. 얼마든지 걸을 수 있습니다. 걸어야 살아요."

겁에 질린 내가 조심스레 오른발을 내딛었다. 왼발도 내딛었다. 그러나 마음만 그러할 뿐 내 두 다리는 한 발자국도 움직이지 않았다. 태어나서 단 한 번도 걸어본 적이 없는 사람처럼 나는 멍하니 서 있었다.

구애련과 나의 전쟁은 날마다 계속됐다. 걸을 수 있다는 그녀와 걷지 못하는 내가 지루한 싸움을 벌이는 사이 겨울이 시작됐다. 목이 부러진 지 반 년이 훌쩍 지났다.

"아무래도 물속에서 걷는 걸 무서워해서 효과가 없나 봐요. 이제부턴 이걸 붙들고 땅에서 걸어보세요."

그녀는 나무로 만든 지지대를 내밀었다. 노약자의 걸음걸이를 도와주는 워커였다. 그 당시는 워커를 구할 수 없어서 그녀가 직접 만들어주었다.

"여기 보세요. 다리가 네 개지요? 그러니 절대로 안 넘어져요. 아무 걱정 말고 이걸 짚고 걸어보세요."

남자 간호사들이 내 몸을 일으켜 세웠다. 나는 워커에 손을 얹고 발걸음을 뗄 준비를 했다. 하나 둘, 하나 둘, 구애련이 구령을 부르며 손뼉으로 박자를 맞춰주었다. 나는 힘겹게 한 발 한 발 떼어놓았다. 그러나 역시 마음뿐, 발은 움직이지 않았다. 나는 몹시 실망했다. 물속에선 무서워서 안 되었다지만 땅 위에서도 발이 떨어지지 않다니, 있을 수 없는 일이었다. 워커를 내던져버리고 싶었다.

"절대로 실망하지 말아요. 오늘 안 되면 내일 됩니다. 또 내일 안 되면 모레 됩니다. 그러니 실망하지 말고 내일 또 합시다."

그녀는 지치지도 않고 나에게 걸음마를 가르쳤다. 밖에서 눈이 내리건 바람이 불건 그녀와 나의 하루는 똑같았다. 허리를 일으키고 물속에서 걷다가 또 워커에 의지해 다리를 흔들어보는 일은 지루하고 힘겨웠다. 절망에 빠져 삶과 세상을 원망하는 나를 그녀는 지치지도 않고 일으켜 세웠다. 그렇게 얼마나 했을까. 어느 날 내 발이 바람결에 종이가 팔랑거리듯 조금씩 흔들렸다.

"됐어요, 됐어. 이제 하체가 살아났어요. 이제는 휠체어를 탈 수 있어요."

흥분한 구애련은 나를 휠체어에 앉혔다.

"두 팔에 힘을 주고 휠체어를 밀어요. 반드시 할 수 있으니 자신 있게 밀어요."

내 팔의 힘으로 바퀴가 굴러갈 리가 없었다. 그러나 시키는 대로 이를 악물고 따라했다. 하루에도 몇 번씩 똑같은 훈련이 계속됐다. 구애련은 소리를 지르고 나는 용을 썼다. 여름이 되자 발가락이 움직이고 오른쪽 어깨가 슬며시 들썩였다. 그러다 왼쪽 어깨가 살아나면서 두 팔이 아주 조금씩 움직였다.

사고가 난 지 1년 만에 휠체어에 앉아 병실 밖을 나갈 수 있게 되었다. 아내의 도움을 받아 병동을 나와 연세대학교 교정으로 들어갔다. 한여름의 학교는 고요했다. 백양로를 따라 올라가 유도관으로 갔다. 멀리서부터 선수들의 쩌렁쩌렁한 기합소리가 들렸다.

"여보, 빨리 좀 밀어 봐."

내 주문에 아내가 뛰다시피 휠체어를 밀었다. 유도관이 가까워지자 마음이 급해졌다. 철썩 하고 상대방 선수를 매트 위로 내다 꽂는 소리가 들렸다. 가슴이 두근거렸다. 반가운 마음에 후다닥 유도관으로 들어가려던 나는 움찔하고 멈춰 섰다. 내 앞에는 계단이 놓여 있었다. 고작 서너 개의 계단이 만리장성처럼 내 앞을 가로막고 있었다.

"여보, 후배들을 부를까요?"

나는 고개를 저었다. 그리고 말없이 휠체어를 돌려 병실로 돌아왔다.

휠체어를 타게 되면서, 가끔 교정의 숲으로 갔다. 그날도 그랬다. 아내는 병동에서 멀어지는 것을 불안해했지만 나는 조금 더, 조금만 더 밀어 달라면서 멀리 들어갔다. 건강한 다리로 팔팔하게 뛰어다니던 숲이 눈앞에 펼쳐졌다.

움직임이 많아져 뱃속의 장이 자극을 받았는지 갑자기 생리 현상이 다급해졌다. 휠체어를 밀던 아내가 가까운 화장실을 찾아보았지만, 그런 곳에 있을 리 없었다. 돌아가기엔 갈 길이 멀고, 우왕좌왕 하는 사이 나는 그만 앉은 자리에서 일을 벌이고 말았다. 아내는 응급처치를 끝낸 후 새로 갈아입힐 옷을 가지러 병원으로 달려갔다.

그 사이 먹구름이 밀려오는가 싶더니 이내 굵은 소낙비가 쏟아졌다. 경사를 타고내린 빗물은 한 데 모아져 콸콸 소리를 내며 흘렀다. 흰 거품을 머금은 빗물이 내가 앉아있는 휠체어 바퀴를 훑고 갔다. 흙이 패였다. 휠체어가 흙이 패인 쪽으로 조금씩 기울어갔다. 그래도 나는 움직일 수가 없었다. 손만 움직일 수 있어도 간단하게 휠체어 바퀴를 돌려 안전한 곳으로 피하련만, 나에게는 가능한 일이 아니었다. 흙이 조금 더 패이면 휠체어가 넘어질 것이 분명했다. 아내는 아직 오지 않고, 흙은 자꾸 더 패이면서 휠체어가 기울기 시작했다. 지나가는 사람이 있으면 부탁이라도 할 텐데, 아무도 없었다. 기어이 내 몸은 퍽 소리를 내며 머리가 먼저 풀숲으로 처박혔다.

예전에 내 손은 참으로 신기한 손이었다. 제아무리 높은 곳에서 떨어진다 해도 낙법을 구사해서 머리와 몸통을 보호했다. 지금은 머리가 먼저 풀숲에 떨어지는데도 속수무책이었다. 기어이 풀숲에 얼굴을 처박은 나는 울기도 싫고 웃기도 싫었다. 그냥 생각 없는 사람이 되어 아내가 올 때까지 그러고 있었다.

• 1년 만의 귀가

여섯 달이 지났을 때부터 병원에서는 퇴원하라고 했다. 더 이상 해 줄 치료가 없다는 게 이유였다. 그러나 더 큰 이유는 병원비였다. 국 가대표 선수가 훈련 중에 부상을 당했음에도 치료를 보장해주는 곳은 없었다. 치료비를 부담할 곳이 없으니 병원을 나가라는 말이었다. 혼 자 일어서지도 못하는 몸으로 무작정 퇴원할 수는 없었다. 아내가 대 한체육회와 연세대학교를 문턱이 닳도록 찾아다니며 애를 썼지만 소 용없었다.

여섯 달을 더 버티다가 하는 수 없이 퇴원을 했다. 휠체어에 앉혀져 서 1년 만에 집으로 돌아왔다. 그동안 할머니한테 맡겨졌던 재권이는 훌쩍 자라 있었다. 아이를 높이 안아 올려 무등을 태워주고 싶었지만 휠체어 무릎 위에 잠깐 앉혀본 게 고작이었다.

집으로 돌아오자 모든 게 더 힘들어졌다. 병원에서처럼 휠체어를 타고 다닐 수 없고 재활운동도 할 수 없었다. 그저 보릿자루마냥 벽에 기대져 있었다. 집에 왔는데 짜증만 늘어갔다.

아내에게 나는 덩치만 큰 아들이었다. 재권이도 혼자 처리하는 배 변을 나는 아내 손에 맡겨야 했다. 밥 먹고 세수하고 양치하는 것도 모두 아내의 몫이었다. 밤새 땀에 젖은 내 몸을 아침마다 씻기고 새 옷을 입히고 휠체어에 앉혀 밥을 먹이고 나면 아내는 벌써 진이 빠져 있었다. 그래도 헝클어진 머리를 손으로 쓱쓱 빗어 넘기고는 일을 하 러 나갔다. 아내가 없으면 어린 아들이 내 오줌을 받았다.

아내는 생활비를 벌기 위해 닥치는 대로 일을 했다. 남의 가게를 돌보고 파출부를 나갔다. 보험 판매원도 했다. 밤이면 결혼 전에 배워둔 양재 솜씨로 재봉틀을 돌렸다. 그래도 생활은 점점 어려워갔다. 가장 노릇을 못 한다는 생각에 자괴감이 들었다.

아내가 돈을 벌러 나가면 깁스한 것처럼 굳은 목을 돌리고 팔을 들어 올리고 손가락을 움직이려 애를 썼다. 하나 둘 하나 둘, 구령을 붙이며 하루 종일 운동을 했다. 어찌나 힘든지 눈물이 흐르고 진땀이 비 오듯 쏟아졌다. 유도 훈련을 할 때보다 더 많은 시간 동안, 더 많은 땀과 눈물을 흘렸다.

변화는 아주 더디게 나타났다. 마치 머리카락 한 올이 바람에 날리듯 손가락이 움직였다. 분명한 건 어제보다 오늘이 낫다는 느낌이었다. 그 느낌에 매달려 몸이 찢겨나가는 것 같은 고통과 싸우며 재활에 몰두했다. 덜렁덜렁 맥없이 흔들리던 두 팔이 얼굴 가까이 올라왔다. 내 손이 얼굴에 닿는 순간 소스라치게 놀랐다. 내 손으로 내 얼굴을 만진 게 몇 년 만인가.

"팔을 끌어올릴 만큼 어깨에 힘이 생긴 겁니다. 근육은 쓸수록 힘이 세집니다. 근육에 힘이 더 생기도록 계속 노력하세요. 잠자는 시간 말고는 움직이고 또 움직이세요. 운동을 하던 분이라 충분히 재활할 수 있습니다."

의사의 말에 힘을 얻은 나는 연습시간을 더 늘렸다. 손으로 덤벨을 잡을 수 없어서 덤벨에 끈을 묶어 양손에 매달았다. 그리고 손을 들어 올리는 연습을 했다. 기를 써도 꿈쩍도 않던 덤벨이 시간이 지나면서

1센티, 2센티 들어 올려졌다. 누워서 벤치프레스도 했다. 사고가 나기 전에는 내 몸무게 이상도 번쩍 들어 올렸는데 1킬로그램 벤치도 들지 못했다. 1킬로 벤치를 올려다보며 이를 악물었다. 오늘 안 되면 내일, 내일도 안 되면 모레 되겠지. 구애련 치료사처럼 말하면서 하루 종일 운동에 매달렸다.

• 열정과 냉정 사이

1976년 7월 17일, 캐나다 몬트리올에서 올림픽이 열렸다. 50명의 선수가 몬트리올로 떠날 때부터 신문과 방송은 온통 올림픽 이야기였다. 온 국민이 흑백텔레비전 앞에 모여 올림픽 경기를 보았다. 나도 경기를 지켜보았다. 어떤 종목이든 경기장의 함성소리만 들어도 가슴이 벅차올랐다.

올림픽이 시작된 지 열흘이 넘도록 우리 선수들은 메달을 따지 못했다. 모두들 맥이 풀려갈 무렵, 여자 유도선수 장은경이 결승전에 올라 은메달을 땄다. 곧이어 미들급의 박영철이 동메달을 따내고 대회 마지막 날, 조재기 선수가 무제한급에서 동메달을 땄다. 마치 내가 메달을 딴 것처럼 가슴이 벌렁거렸다.

몬트리올올림픽은 레슬링의 양정모 선수가 우리나라 최초의 올림픽 금메달을 따낸 역사적인 대회였다. 그해에 우리나라는 금메달 하나와 은메달 한 개, 동메달 네 개를 따서 종합 19위에 올랐다. 올림픽이 끝나고도 올림픽 열기는 쉬이 가라앉지 않았다.

올림픽 경기를 본 후 나는 도무지 잠을 자지 못했다. 앉으나 누우나 생각은 오로지 유도뿐이었다. 선수들의 경기는 내 머릿속에서 새롭게 구성됐다. 바둑을 두고 난 후 복기를 하듯이 유도경기의 모든 순간을 되새기며 승패의 원인을 분석했다. 한 발자국 떨어져서 보면 오히려 더 잘 보인다더니 내가 바로 그랬다. 매트에서 구르지 않으니 유도의 기술과 허점이 더 잘 보이는 기분이었다.

나는 아내를 졸라 연세대학교로 갔다. 올림픽에서 유도가 메달을 세 개나 따자 유도관은 활기가 넘쳤다. 나는 힘차게 휠체어를 밀고 들어갔다. 감독과 코치들이 반가움과 의아심이 섞인 눈길로 내 손을 잡았다.

"어쩐 일로 이렇게 어려운 걸음을 하셨습니까?"

"오늘은 제가 부탁이 있어 찾아왔습니다. 저를 유도부 코치로 써주십시오."

모두들 뜨악한 얼굴이 되었다.

"몸도 불편한데 어떻게 코치를…… 아직은 좀 더 건강에 힘쓰셔야지요."

"비록 몸은 불편하지만 유도는 누구보다 더 잘 가르칠 수 있습니다. 몸이 불편하기 때문에 유도 외에는 아무것도 생각하지 않습니다. 술을 마시지도 않고 놀지도 않습니다. 저에게 기회를 주십시오."

나의 열변이 계속되었다. 아무도 대꾸하는 이가 없었다. 허공에 대고 나 혼자 떠드는 기분이었다. 유도관을 나온 나는 학교 본부로 찾아갔다. 역시 소용없었다.

휠체어를 밀며 백양로를 내려왔다. 내가 누군가. 등록금에 갖은 지원을 받으며 스카우트되어 온 정덕환이 아니던가. 그러나 목이 부러진 장애인 정덕환은 아무 쓸모가 없었다. 한여름의 뜨거운 햇볕에 구슬 같은 땀이 흘러내렸다. 뜨거운 눈물도 함께 흘러내렸다.

사고가 난 지 4년. 그때까지도 나는 유도를 버리지 못하고 있었다. 누구에게도 말을 하진 않았지만 몸이 낫기만 하면 유도장으로 달려가리라 다짐하고 있었다. 비록 학교에서는 안 된다고 했지만 그대로 물러설 수는 없었다.

그들이 나를 받아주지 않은 것은 내 능력을 알지 못하기 때문이었다. 어떻게든 내 능력을 보여주기만 하면 그들도 나를 받아들일 거였다. 내가 얼마나 성실하게 열정적으로 후배들을 가르치는지, 몸으로 실연을 해보일 수는 없지만 유도의 기술 하나하나를 누구보다 쉽고 섬세하게 가르칠 수 있는지를 그들에게 보여줄 기회가 필요했다. 조금만 기다리면 동계훈련 시즌이 돌아온다. 그때 나의 코치 실력을 보여주리라 마음먹었다.

불광동에서 연세대학교까지 다니려면 너무 멀었다. 연세대학교 앞에 하숙집을 얻었다. 아내와 재권이, 그리고 처남의 소개로 나를 돕기 위해 와 있던 고상호와 함께 밥해 먹을 그릇 몇 개만 챙겨서 이사를 했다. 불광초등학교에 다니던 재권이를 창천동으로 전학시켰다. 무료 코치에 모든 것을 걸었다.

동계훈련 시즌에 무료로 유도 코치를 해주겠다고 후배들에게 알렸다. 반응은 반반이었다. 과연 몇 명이나 모일지 알 수 없었다. 날마다 모의 코치 연습을 하면서 겨울이 되기를 기다렸다.

"재권아, 아빠랑 산책 가자."

작은 방들이 다닥다닥 붙은 하숙집은 답답했다. 하루 종일 방에 들어앉아 있으면 속에서 불이 났다. 저녁밥을 먹고 나면 나는 어린 재권이를 부추겼다.

"아빠, 어디로 가요?"

"남대문 갈까, 동대문 갈까?"

"두 군데 다 가요."

"그래, 재권이 말대로 두 군데 다 가자."

나와 재권이는 상호와 함께 집을 나섰다. 창천동에서 이대 앞을 지나 만리동 언덕을 넘으면 남대문시장이었다. 팔걸이에 달린 막대기를 저어 바퀴를 굴리다 힘에 부치면 재권이가 밀어주고, 만리동 언덕배기를 오를 땐 상호가 밀어주었다. 남대문시장에 닿으면 이미 어두웠다.

물건을 들여놓고 가게 문을 닫느라 분주한 사람들 틈을 지나 을지로로 들어갔다. 종종걸음을 치며 버스를 타는 사람들 사이로 우리는 휠체어를 밀며 지나갔다. 그 당시엔 휠체어를 타고 시내를 돌아다니는 사람이 없었다. 휠체어가 지금처럼 좋지 않기도 했지만 그것보다는 장애인이 바깥나들이를 하는 게 이상하게 보였다. 장애란 남부끄러운 것이니 감추어야 한다고 생각하던 시절이었다. 우리가 지나가면 모두들 걸음을 멈추고 돌아보았다.

　동대문시장에 닿으면 깊은 밤이었다. 가게 문들은 거의 닫혔지만 도매장사는 계속되고 있었다. 지게꾼들과 손수레가 어지러이 지나다니는 길에서 쉬었다. 동대문까지 걸어오느라 숨이 턱까지 차오른 재권이가 밤바람에 땀을 식혔다. 나는 아들의 작은 손을 잡아 쥐었다. 아니 잡는 시늉을 했다. 아이의 손은 따뜻하고 부드러웠다.

　"재권아, 집까지 걸어갈 수 있겠어?"

　"네!"

　"그럼 어디로 걸어갈까?"

　"청계천이요."

　"좋았어, 그럼 청계천으로 가자."

　청계천으로 들어섰다. 온갖 가게들이 몰려 있는 청계천은 밤중까지도 불이 환히 켜져 있었다. 우리는 두리번거리며 가게 구경을 했다. 재미있는 물건을 보면 셋이 머리를 맞대고 웃었다. 그렇게 청계천을 지나고 광화문을 지나 다시 이대 앞을 지나서 창천동 집으로 갔다. 아내는 어린애를 너무 고생시킨다고 야단했지만 재권이도 나도 추운 겨울이 오기까지 즐겨 밤나들이를 나갔다.

　마침내 기말고사가 끝나고 두 달 동안의 동계훈련 기간이 시작됐다. 아내가 목도리를 단단히 잡아매주었다. 아내 도움을 받아 휠체어를 타고 학교로 갔다. 나뭇잎이 다 떨어진 백양로에는 칼바람이 불었다.

　지방 출신의 후배들을 모아 열심히 코치를 했다. 비용은 모두 내가 부담했다. 그렇게 해서라도 내가 코치가 될 수 있다는 걸 보여주고, 반드시 코치가 되고 싶었다. 8년 동안 국가대표를 지낸 자존심을 걸고 열정을 다해 후배들을 가르쳤다. 말로 할 수 있는 것은 모두 해줬다. 몸으로 시연을 보일 필요가 있는 것은 다른 후배들을 대역으로 썼다. 장애인이라고 해서 코치를 못 한다는 건 말도 안 되는 이야기였다. 나는 얼마든지 후배들을 가르칠 수 있었다.

동계훈련 두 달 동안 나는 행복했다. 후배들도 좋아했다. 그런데 성적이 별로 좋지 않았다. 성적이 좋지 않으니 더 이상 코치를 시켜달라고 할 수도 없었다. 집까지 옮기고 내 돈을 들여가며 공을 들였지만 보기 좋게 실패로 끝나고 말았다.

장애인과 비장애인 사이엔 넘을 수 없는 벽이 있다는 걸 나는 그때 알았다. 그 벽은 장애인과 비장애인을 갈라놓았다. 벽 건너편의 세상에서는 장애인이 된 나에 대해 전혀 관심을 갖지 않았다. 무료 코치를 하든 말든, 성적이 좋든 나쁘든 아무 관심이 없었다. 나는 그들의 세계에 들어갈 수 없었다. 내가 무슨 꿈을 꾸든, 그들에게 나는 그저 장애인일 뿐이었다.

어떤 말로도 위로가 되지 않았다. 땅바닥에 이마를 찧으며 울고 싶었다. 그러나 나는 그조차도 할 수 없는 몸이었다. 차라리 그날 깨어나지 않았으면 좋았을 거라고, 살아난 자신을 원망했다. 이렇게 아무것도 할 수 없다면, 도대체 살아있는 게 무슨 의미가 있겠니 싶었다. 아내가 벌어다주는 돈으로 끼니를 때우며 하루 종일 방바닥만 지키는

아버지는 유도선수가 된 나를 자랑스러워 하셨지만, 나는 아버지로서 충실하기 위해 유도에 대한 마지막 미련을 접었다. 고등학교 시절, 유도대회에 나가 받아온 우승기를 집 앞에 걸어놓고 사진을 찍으신 부모님.

나를 살아있다고 할 수 있을까.

이 세상에서 숨을 쉬고 살아갈 이유도 없고 가치도 없다는 생각이 나를 괴롭혔다. 우울했다. 누구하고도 말하고 싶지 않았다. 이대로 그냥 숨이 멎어버리길, 하루에도 몇 번씩 기도했다.

"아빠, 요즘 왜 산책 안 해요?"

학교에서 돌아온 재권이가 내 손을 잡아끌었다.

"날이 아직 춥잖아."

"목도리 두르면 되는데요." 하며 재권이가 내 목에 목도리를 둘둘 말아줬다. 아들 손에 이끌려 거리로 나섰다. 봄이라지만 바람은 차가웠다.

"재권이는 아빠가 좋으냐?"

아이는 영문을 몰라 나를 쳐다보았다.

"아빠가 걷지도 못하고, 다른 아빠들처럼 넥타이 매고 회사도 못 다니는데 좋아?"

"좋아요."

"뭐가 좋아?"

"그냥, 아빠니까 좋아요."

단순한 대답이었지만, 나는 그 말에 목이 메었다. 나는 유도선수 정덕환이기도 하지만 아들의 아버지이기도 했던 것이다. 그날 이후로 더 이상 유도는 할 수 없다는 걸 인정했다. 경기에서 지면 그만이다. 나는 국가대표 선수답게 유도에 대한 미련도 마음에서 놓아버렸다.

• 오토바이에 세상을 싣고

형님이 미국으로 이민가면서 내준 불광동 집을 나와 흑석동으로 이사했다. 아내가 돈을 벌러 나간 뒤 나는 또다시 재활훈련에 열중했다. 목을 굽혔다 펴고, 덤벨을 들어 올리는 일을 하루 종일 반복했다. 그러다 지치면 상호의 도움을 받아 휠체어를 타고 밖으로 나갔다. 골목길을 이리저리 돌아다니다 지나가는 사람들을 멍하니 바라보는 게 일과였다. 두 살배기 아기도 걸어 다니고 팔십 넘은 할머니도 걸어 다녔다. 내 눈에는 걸어 다니는 사람들의 두 다리만 보였다. 그날도 지나다니는 사람들을 보고 있는데 누군가 나를 지켜보는 느낌이 들었다. 오토바이를 탄 남자였다.

"아저씨, 나처럼 오토바이를 타보면 어떻겠어요?"

오토바이라니, 피식 웃음이 나왔다.

"휠체어를 타시면 오토바이도 충분히 탈 수 있어요." 하며 그 사람은 오토바이에서 내려 나한테로 다가왔다. 그는 두 발과 한쪽 팔에 의족과 의수를 달고 있었다. "삼발이 오토바이를 타세요. 오토바이를 특수 제작해주는 곳 전화번호를 적어드릴 테니 꼭 가보세요."라고 했다.

공구점은 청계천에 있었다. 온갖 가게들이 조밀하게 들어찬 곳을 휠체어를 밀고 찾아갔다. 공구점 주인은 내 몸을 앞뒤로 살펴보더니 사흘 뒤에 오라고 했다. 사흘 뒤에 다시 찾아갔다. 뒷바퀴가 두 개 달린 삼발이 오토바이엔 허리보호대가 달린 등받이가 든든히 세워져 있었다. 척추에 힘이 없고 발을 움직이지 못하는 나에게 꼭 맞는 오토바이였다.

"올라타고 시동을 걸어보시지요. 액셀러레이터는 오른쪽 손잡이에, 브레이크는 왼쪽 손잡이에 달려있습니다."

주인 도움을 받아 조심스레 오토바이에 올랐다. 허리를 등받이에 고정시키니 휠체어에 앉은 것과 다르지 않았다. 두 손을 핸들에 얹었다. 내 둔한 손놀림으로도 액셀러레이터와 브레이크가 제대로 먹혔다.

"어릴 적 자전거 타셨던 것처럼 씽하니 달려보세요. 겁낼 거 하나 없습니다. 집까지 얼마든지 가실 수 있어요."

청계천 공구점 사이를 서너 차례 왕복하다가 집을 향해 달리기 시작했다. 리어카와 오토바이가 혼잡한 청계천을 빠져나오니 이내 시청 앞이었다. 서울역을 지나고 용산을 지나 한강을 건넜다. 강바람이 시원하게 얼굴을 적셨다.

사고가 나서 전신마비가 된 후 마포대교를 건넌 적이 있었다. 나는 기독교에 갓 입문한 터였다. 난생처음 기도란 걸 하며 하나님께 매달렸다. 그때 미국에서 빌리 그레이엄 목사가 왔다고 떠들썩했다. 그는 수많은 환자를 고쳤다고 했다. 여의도광장에서 빌리 그레이엄 목사의 집회가 열리던 날, 병원에 들어온 택시를 잡아타고 아내와 함께 여의도광장으로 갔다. 수많은 사람들이 광장에 가득 차 있었다. 목사가 잘 보이는 곳에 자리를 잡고 앉았다.

"은과 금 내게 없거니와 내게 있는 것을 네게 주노니, 예수 그리스도의 이름으로 일어나 걸으라 하고 오른손을 잡아 일으키니 발과 발목이 곧 힘을 얻고……."

사도행전의 말씀을 외고 또 외웠다. 당시 나의 신앙은 오로지 병을 고치는 기적에만 매달려 있었다. 아스팔트 광장에 내리쬐는 햇볕은 온몸이 녹아내릴 것 같이 뜨거웠다. 아니 햇볕 때문이 아니라 나의 소망이 그리 뜨거웠다. 빌리 그레이엄 목사의 집회는 내 기도처럼 뜨거웠지만 앉은뱅이가 일어나 걷는 기적은 일어나지 않았다.

집회가 끝나자 30만 명의 인파가 일제히 여의도를 빠져나갔다. 마포대교를 건너 세브란스병원으로 가기 위해선 택시를 타야 했다. 아내는 사람들로 혼잡한 도로에서 택시를 잡기 위해 동분서주했지만 도통 택시를 탈 수 없었다. 워낙 사람들이 많으니 택시 한 대가 들어설 때마다 너도나도 택시를 향해 달려들었다. 몸은 점점 지쳐 땅바닥으로 곤두박질치려고 하는데 마침내 택시 한 대가 우리들 앞에 섰다.

아내가 재빨리 택시 문을 열고 말했다.

"휠체어가 있으니 트렁크를 열어주세요."

그 말이 떨어지기가 무섭게 택시기사는 액셀러레이터를 밟고 우리 앞을 지나쳐버렸다. 그때 아내가 손가락으로 가리키며 냅다 소리를 질렀다.

"아저씨도 사고 나서 목이 부러져 봐요!"

얼마나 크게 소리쳤는지 옆에 있던 나도 깜짝 놀랐다. 그건 내가 아는 아내의 모습이 아니었다. 전신마비 남편의 짜증을 참아가며 똥오줌을 받아내고 욕창의 고름을 닦아내면서 아내도 지치고 있었다.

우리를 피해 달아나던 택시가 후진을 해왔다. 기사가 차에서 내려 우리 앞에 섰다.

"이봐요, 아줌마. 지금 뭐라고 했어? 나한테 뭐라고 했냐고?"

기사는 화가 잔뜩 나 있었다. 아내는 좀 전의 드센 기세는 어디로 갔는지 아무 말도 못하고 서 있었다.

"아저씨, 아무도 우리를 태워주지 않으니 얼떨결에 그런 겁니다. 내가 대신 사과할 테니 날 좀 세브란스까지 데려다주세요."

아내도 머리를 조아려 사과했다. 그제야 기사는 우리에게 택시를 타라고 했다. 그래도 분이 안 풀렸는지 아내가 끙끙 거리며 휠체어를 접어 트렁크에 실어도 모르는 척했다. 여의도광장을 벗어나 마포대교를 건넜다. 걸어서 다리를 건너는 사람들이 다리에 빼곡했다. 큰 희망을 갖고 집회에 참석했지만 병원으로 돌아가는 심정은 참담했다.

오토바이를 타고 한강을 건너는데 그날의 막막했던 심정이 떠올랐다. 그날 나는 기적이 일어나지 않아 절망했지만 기적은 분명히 일어났다. 사흘 안에 죽는다던 사람이 살아나 이렇게 오토바이를 타고 한강을 건너고 있지 않은가. 한강을 건너니 흑석동은 금방이었다. 부르릉부르릉 소리도 요란하게 집에 도착하자 대문 앞에서 어머니가 기다리고 계셨다. 어머니는 내 손을 잡고 연신 머리를 조아렸다. 고맙습니다, 고맙습니다, 모두모두 고맙습니다. 어머니의 감사는 끝이 없었다.

오토바이까지 탔으니 세상에 못 할 일이 없어보였다. 나는 오토바이를 몰고 친구와 선배 후배들을 찾아다녔다. 이렇게 멀쩡해졌으니 무슨 일이라도 시켜달라고 했다. 그러다 우연히 수입상품을 소매상들한테 넘겨주는 일을 맡았다. 오토바이 뒤편에 짐칸을 이어붙이고 짐을 실었다. 물건을 받는 곳은 청계천이었다. 청계천 고가도로 밑으론 삼륜차와 리어카가 분주히 오가고 무거운 짐을 져 나르는 인부들로 부산하기 짝이 없었다.

나는 허리를 등받이에 단단히 붙들어 매고 복잡한 길을 요리조리 잘도 피해 다녔다. 버스가 획획 지나가는 한길에서 경련이 일면 간신히 오토바이를 길가로 몰고나와 한참을 혼자 앉았다. 다리가 찢어져 나가는 것처럼 아팠지만, '이제 곧 가라앉는다, 그러면 나는 또 달릴 수 있다'고 나를 위로하면서 견뎠다.

수입품 행상은 돈벌이가 쏠쏠했다. 아내한테 생활비를 내놓을 수 있었다. 고생만 하는 아내에게도 모처럼 체면이 섰다. 일을 한다는 것, 돈을 번다는 게 나의 자존심을 세워주었다. 사고를 당한 이후 처음으로 살아있다는 걸 감사하게 생각했다. 나도 쓸모 있는 인간이라는 생각에 저절로 웃음이 나왔다

사는 일에 자신이 붙은 나는 세브란스병원을 찾아갔다. 척추병동엔 나 같은 환자들이 절망에 쌓여있었다. 이런 꼴로는 살고 싶지 않다고 차라리 죽는 게 낫다고, 그들은 자신의 처지를 비관하면서 재활을 포기하고 있었다. 얼마 전까지 나도 그들과 똑같았으나 이제는 변했다. 그들한테 희망을 주고 싶었다.

"저를 좀 보십시오. 전신마비장애인이지만 오토바이를 타고 씽씽 다닙니다. 절망하실 거 없습니다. 얼마든지 즐겁게 살 수 있으니 꼭 재활훈련을 하셔야 합니다."

병원의 도움을 받아 휠체어를 타고는 병실마다 돌아다녔다.

"전신마비라며 오토바이를 어떻게 탑니까? 거짓말도 정도껏 해야지."

"아이고, 제 말을 안 믿으시네요. 저는 오토바이를 타고 다니며 오퍼상을 하고 있습니다. 정말이에요. 죽을 결심으로 재활을 하십시오. 반드시 일어설 수 있습니다."

전신마비 환자들에게 위로를 주는 일은 굉장한 보람이 있었다. 내가 이런 일을 하려고 다쳤나, 하는 생각까지 들었다. 환자들의 호응이

좋아지자 세브란스병원뿐만 아니라 장애인들이 있는 곳이라면 어디라도 가기 시작했다.

내가 장애인이 되기 전에는 세상에 장애인이 그렇게 많은 줄 상상도 못 했다. 또 장애인으로 산다는 게 얼마나 서럽고 애 터지는 일인지도 몰랐다. 아니 알려고 한 적도 없었다. 목이 꺾이기 전 세상의 중심은 나였다. 내가 최고였다. 혼자 힘으로 뭐든지 다 할 수 있다고 믿었다. 그러나 장애인이 되고 나니 나는 아무 것도 아니었다. 내가 할 수 있는 것보다 할 수 없는 게 더 많았다. 밥을 먹고 얼굴을 씻는 일조차 아내와 어머니의 도움이 없으면 불가능했다. 어린 아들이 오줌 시중을 들어주기도 했다. 나는 똥오줌도 못 가렸다.

세상의 밑바닥으로 내려가니 비로소 세상이 보였다. 세상엔 장애인이 너무 많았다. 나처럼 아내와 어머니의 보살핌을 받는 장애인도 흔치 않았다. 가족들조차 장애인 형제를 귀찮아했다. 그런 이들한테 작은 도움이라도 되고 싶었다.

• 이화식품 아저씨

좋은 시절은 얼마 가지 않았다. 수입상품을 대주는 업자가 바뀌어 일감이 떨어져버린 것이다. 나는 일자리를 잃고 또다시 집에 틀어박혔다. 흑석동 집을 떠나야 돼서 걱정을 하던 중에 아내가 바느질로 모은 돈을 내놓았다. 그 돈을 보태서 구로동 이화아파트로 이사했다.

이화식품의 주인인 나는 물건 하나 제대로 집어 들지 못하는 처지였지만 장사하는 데 큰 문제는 없었다.
동네 사람들이 스스로 물건을 찾고 돈도 알아서 거슬러 갔다.

그 당시 이화아파트 주변은 허허벌판이었다. 상점이 없어 라면 한 개도 사기 힘들었다. 남들이야 퇴근길에 장을 봐 온다지만 출입이 불편한 나로선 참 살기가 어려웠다. 구멍가게라도 하나 있으면 편할 텐데, 하는 불평이 저절로 나왔다.

마침 아파트 옆에는 가게를 차릴 만한 공터가 있었다. 비어있는 땅이니 판잣집을 짓고 지붕만 얹으면 구멍가게를 차려 용돈벌이는 할 거 같았다. 일거리도 떨어져 놀고 있던 처지니 덤벼들어 해볼 만하다는 생각이었다.

문제는 돈이었다. 은행융자를 얻을 수만 있다면 열심히 일해서 갚겠지만 내겐 융자를 얻을 담보가 없었다. 궁리 끝에 미국에 있던 매형에게 편지를 썼다. 요즘 살기가 어렵다는 말과 함께 500만 원만 융자를 주선해달라고 부탁했다. 편지를 받은 매형한테서 연락이 왔다. 주택은행의 친구에게 말해놓았으니 찾아가보라고 했다. 한달음에 찾아가니 신용대출로 500만 원을 대출해주었다.

누나를 짝사랑했던 매형은 고등학생 때 나한테 연애편지 배달을 시켰다. 그러다 어머니께 편지가 들통 나는 바람에 매형은 대학을 졸업할 때까지 누나 앞에는 얼씬도 하지 못했다. 매형이 한국은행에 취직할 때까지 두 사람은 마음으로만 서로를 좋아했다. 누나와 매형이 약혼을 하던 날, 나는 무엇이 그리 좋은지 식장에서 텀블링을 해버렸다. 나는 몸이 몹시 유연했다. 서서 고개를 숙이면 머리가 다리 사이로 쑥 들어갈 정도로 허리가 녹진거렸다. 그런 몸으로 날렵하게 재주를 넘어버리니 약혼식장의 사람들이 다들 박수를 치며 좋아했었다.

융자를 얻자마자 인부를 사서 공사를 시작했다. 공터에 기둥을 세우고 합판으로 벽을 빙 둘러쳤다. 슬레이트 지붕도 얹었다. 이화식품이라는 간판도 내걸었다. 새벽이 되면 삼발이 오토바이에 수레를 매달고 영등포 도매시장으로 나가 장을 봤다. 배추며 무, 파 같은 싱싱한 야채를 싼값에 사오고 우유나 빵, 빨래비누 같은 생필품들을 받아서 팔았다.

야채를 깨끗하게 정리해놓고 아내가 출근하면 가게는 하루 종일 내 책임이었다. 내 손으로는 물건을 집어줄 수도 없고 봉지에 담아주시도 못했다.

"고무장갑이요? 저 뒤에 있습니다. 긴 건 700원, 짧은 건 500원이에요."

나는 돈 통을 무릎에 놓고 앉아 입으로 물건을 팔았다. 가게에 들어선 손님들이 물건을 집어 들고 내게 다가와 돈을 건네면 부실한 내 손으론 그 돈을 잡을 수 없어서 번번이 발밑으로 굴러 떨어졌다.

"손님, 죄송합니다. 돈 좀 집어주세요."

"아저씨, 제가 돈을 드렸는데 왜 안 받고 떨어뜨리세요?"

"죄송합니다. 제 손으론 돈을 올바로 쥐지 못합니다."

"손도 불편하세요? 휠체어에 앉아 계시니 다리만 불편하신 줄 알았지 미처 몰랐네요."

손님들은 내 앞에 놓인 통에 돈을 넣고 스스로 잔돈을 챙겨갔다.

비좁은 가게에 하루 종일 앉아있으려니 용변이 제일 문제였다. 플라스틱 통을 휠체어 옆에 두고는 소변이 마려울 때마다 바지 속으로 통을 넣어서 소변을 보았다.

슈퍼에는 새벽부터 손님이 찾아왔다. 도시락을 싸느라 엄마들이 바쁜 시간이라 아이들이 두부 한 모, 콩나물 한 봉지를 사러 나왔다. 그 아이들이 헛걸음을 할까 걱정이 돼서 나는 새벽같이 가게 문을 열고 인기척이 끊어지는 늦은 밤까지 닫지 않았다. 몇 푼 남지 않는 새벽 장사지만 주민들과의 신뢰를 쌓아가는 내 방식이었다.

장사는 생각보다 훨씬 잘됐다. 가까운 곳에 가게가 없으니 아파트 주민들은 모두 우리 가게를 이용했다. 나는 아이스크림을 사러 오는 동네 꼬마들에게 유도 이야기를 해주었다. 아이들은 나의 뭉개진 귀

경 향 신 문　　　1981년 2월 20일 (금요일)

호소도 아랑곳없이 無許구멍가게 撤去
自活의意志 또한번 시들어 흐느낌속에

柔道 前國家代表선수 鄭德煥씨

鄭씨는 『부서진 구멍가게가 마치 불구가 된 내몸같다』고 쓸쓸히 말했다.

이화식품이 무허가 건물이라는 이유로 헐리자 동네주민들이 나서서 영업을 할 수 있게 해달라고 탄원서를 냈다. 신문에서는 나의 사연을 기사로 내기도 했다.

를 만지며 신기해했다.

"아저씨는 귀가 왜 이래요?"

"이상하냐?"

"네, 혹 달린 거 같아요."

"아저씨는 유도를 너무 열심히 해서 그래. 너희들 텔레비전에서 유도하는 거 봤냐?"

언제부턴가 아이들은 나의 말동무가 되었다. 아이들과 친해지니 장사가 더 잘됐다. 때로는 손님이 찾는 물건을 아이들이 내주기도 하고 돈도 아이들이 거슬러주었다.

그런데 어느 날, 구청에서 편지가 날아왔다. 지금 장사를 하고 있는 땅은 공공용지니까 언제까지 가게를 자진철거 하라는 통보였다. 공터에 내 맘대로 가건물을 세웠으니 어쩌면 당연한 통보였다. 그렇지만 이미 지은 걸 어쩔 거야? 설마 진짜 헐어버리기야 하겠어? 닥치면 어떻게 해결이 되겠지, 하는 막연한 기대를 갖고 장사를 계속했다. 예고된 날짜가 지나갔다.

그러던 어느 날, 느닷없이 들이닥친 철거반은 휠체어에 앉은 나를 길바닥으로 내몰고는 순식간에 가게를 헐어버렸다. 아내가 울고 매달렸지만 소용이 없었다. 은행융자를 얻어 지은 이화식품의 간판이 덜커덕 떨어져 내렸다.

실망에 빠진 날들이 지나갔다. 어떻게 일어서야 할지 막막했다. 보다 못한 아파트 주민들이 나섰다. 동네에 아직 상가가 없어 불편하니 상가가 정식으로 들어올 때까지 국가유공자가 운영하는 이화식품이 영업을 할 수 있도록 허가해달라는 탄원서에 도장을 받으러 다녔다. 게다가 나의 사연이 알려져 신문사에서 취재를 나왔다. "간절한 호소에도 아랑곳없이 무허가 구멍가게를 철거해서 자활의 의지를 또 한 번 꺾었다."라는 상당히 동정적인 기사가 실렸다. 휠체어에 앉아 부서진 구멍가게를 망연자실 바라보고 있는 나의 모습도 실렸다.

신문기사 덕이었을까, 주민들의 진정이 통했을까. 며칠 지나자 구청에서 임시허가가 나왔다. 우리는 쓰러진 기둥을 다시 세우고 지붕을 얹었다. 이화식품 간판도 다시 달았다. 주민들 덕분에 다시 일어서게 된 나는 더 좋은 물건을 더 싸게 공급하려고 애를 썼다. 아내도 보험회사를 그만두고 가게 일에 매달렸다. 자연히 단골이 더 늘어갔다. 다른 상점이 없으니 장사는 누워 떡먹기였다.

마음이 편안해진 덕분일까. 큰아들과 열두 살 터울로 둘째 아들이 태어났다. 나는 재성이란 이름을 붙여줬다.

수위는 한사코 막아섰지만 나는 물러서지 않았다.
수위가 뭐라 하건 말건, 아침이건 저녁이건 찾아가 졸랐다.
하루 이틀 해서 안 되면 사흘 나흘이라도 찾아갔다. 나보다 먼저 지친 수위가
공장 문을 열어줘도 일감을 얻으려면 넘어야 할 고비가 첩첩산중이었다.

3장

달팽이
달리다

• 내가 구로공단에 간 까닭은

먹고살 걱정을 덜었으니 행복해야 되는데 내 맘은 그렇지 못했다. 자꾸 다른 생각이 났다. 전신마비장애인이 되고나니 세상은 내가 알던 곳이 아니었다. 낯선 세상에서 나는 완전히 혼자였다. 아내와 어머니가 나를 위해 헌신했지만 나를 대신해서 아파줄 수는 없었다. 잠에서 깨어 통증과 싸우다 보면 세상에 버려진 느낌에 지독하게 외로웠다. 그러나 나는 복에 겨운 장애인이었다. 세상엔 가족으로부터도 소외당하고 버려진 장애인들도 많았다. 그들의 삶에 자꾸 마음이 쓰였다.

"여보, 나는 장애인들을 위한 일을 하며 살고 싶어."

"지금도 척추장애인을 위해 봉사하잖아요?"

"그런 거 말고…… 다른 장애인들도 나처럼 일을 하며 미래를 꿈꿀 수 있도록 돕고 싶어. 어떤 생명이든지 이 땅에 존재하는 역할이 있는 게 아니겠소. 자기의 할 일을 찾아야만 장애인들도 행복한 삶을 살 수 있어. 아무래도 이게 나의 할 일인 것 같소."

내가 만나본 장애인들은 삶에 대한 의욕이 없었다. 절망에 빠진 그들을 일으켜 세울 희망은 과연 무엇일까. 같은 장애인으로서 나는 장애인의 행복을 위해 무엇을 해야 좋을지를 고민했다. 같은 처지 사람들끼리 모여 사는 복지원이라면 내가 얼마든지 할 수 있을 거 같았다.

"당신 뜻은 훌륭하지만 아무 것도 모르는 채로 어떻게 시작을 해요? 너무 막연하잖아요."

"그렇지? 장애인 복지가 잘되어있다는 미국에 가서 공부를 하고 오면 어떨까? 그동안 당신 혼자서 아이들 데리고 가게를 꾸려나갈 수 있겠소?"

"있고말고요. 친척들도 있으니 걱정할 게 없어요. 얼른 미국의 형님 댁에 알아보세요."

아내도 흔쾌히 허락을 해줬다. 당장 미국에 있는 형님께 편지를 보내 학교를 주선해달라고 했다. 미국 유학을 떠날 준비가 착착 진행되어가던 어느 날이었다. 내가 다니던 교회의 목사님을 따라 다섯 명의 장애인들이 모여 살고 있는 곳을 방문하게 되었다. 누군가가 장애인들에게 일거리를 주겠다며 모아놓고는 일이 잘 안 되었는지 돌보지 않아, 생활이 말이 아니었다. 그 처지가 하도 딱해서 아내 몰래 먹을거리를 싸들고 그들을 찾아다녔다.

"당신 요즘 어딜 그리 돌아다니세요?"

아내가 내 다리를 주무르며 캐어물었다. 두 다리가 바람을 넣은 풍선처럼 탱탱하게 부풀어 올랐다.

"어디 다닐 시간이 있으면 운동을 하세요. 몸이 더 안 좋아지면 유학을 어찌 가려고 그래요?"

"장애인 다섯 명이 모였는데 먹을 것도 없고 꼴이 말이 아니야. 딱해서 볼 수가 없었어. 그래서 그동안 거기에 갔었어."

"일이 잘 안 되었으면 각자 집으로 돌아가야지, 언제까지 그렇게 살겠어요?"

"집에 가봐야 천덕꾸러기 신세니 그렇지. 굶어죽더라도 맘 맞는 사람들하고 모여 사는 게 더 좋다는 덴 다 이유가 있는 거지."

"모여 살려면 돈이 있어야지요, 누가 돈을 대준다면 몰라도 얼마나 버티겠어요."

"돈을 벌어야지."

"무슨 수로 돈을 벌어요?"

"일을 해야지."

"누가 무슨 일을 시켜주는데요? 당신 그렇게 당하고도 일을 한다는 말이 나와요? 철썩 같이 믿었던 선배들도 장애인이 무슨 일을 하느냐고 했잖아요."

"그래도 사람은 일을 해야 돼. 누구나 일을 해야 한다고. 나도 일을 하면서 사람이 됐잖소? 삼발이 오토바이를 타기 전엔 살아있는 게 아니었소. 사람은 일을 해야만 사람답게 살 수 있소."

사고가 나기 전까지 일을 한다거나 돈을 번다는 것에 대해 단 한 번도 심각하게 생각해본 적이 없었다. 운동은 내가 좋아하는 일이었고, 운동을 하면 돈도 들어왔다. 그러나 몸을 다쳐 운동을 못 하게 되자 일과 돈은 일상의 화두가 되었다. 어떻게든 일을 해서 돈을 벌어야 자식을 키우며 먹고살 수 있었다. 일이란 생존 바로 그 자체였다.

삼발이 오토바이에 수입상품을 싣고 서울 곳곳을 누비면서 나는 수없이 죽을 고비를 넘겼다. 오토바이는 운전자를 보호할 벽이 없다. 완전무방비의 상태로 혼잡한 도로를 달렸다. 두 바퀴 오토바이들은 자동차 사이를 모기 부리듯 잘도 빠져나갔지만, 삼발이 오토바이는 뻣뻣하게 굳은 내 몸만큼이나 둔하고 거칠었다. 자동차들이 빵빵거리며 경적을 울려댈 때마다 머리끝이 쭈뼛거렸다. 하마터면 죽을 뻔한 순간도 여러 번이었고, 버스에 받혀 감각이 없는 다리에 깁스를 하기도 했다. 그래도 일을 하는 게 좋았다.

"여보, 미국 가는 거 관두고 그 사람들하고 복지원을 시작하고 싶소. 그 사람들한테도 내 생각을 말했더니 다들 좋다고 했어."

아내는 어이없다는 얼굴이었다. 내 몸도 건사하지 못하는 내가 다섯 명의 중증장애인과 복지원을 하겠다니 그럴 만도 했다. 그러나 시커멓게 곰팡이가 슨 방에 모여 있던 사람들의 모습이 머리에서 떠나질 않았다. 밥은 먹었는지 옷은 빨아 입었는지, 걱정이 되어 견딜 수가 없었다. 아내가 뭐라고 하건 말건 나는 가게에서 먹을거리를 싸들고 공단의 지하실 방으로 그들을 찾아갔다. 라면을 끓여 나눠 먹은 다음 우리는 무슨 일을 할지 의논했다.

"휠체어를 타면 신문배달은 할 수 있지 않나요?"

"언덕배기가 많아서 힘들어요. 그리고 신문 뭉치가 얼마나 무거운데요. 우리 힘으론 어림도 없어요."

"인형 눈이라도 붙이면 좋은데……. 집에 있을 땐 어머니가 인형을 받아오셔서 같이 일했어요."

"그래요? 그건 어디서 받아오는데요?"

"나는 모르지요. 어머니한테 물어보든지……. 그런데 돈이 얼마 안 돼요. 온종일 붙여 봐도 반찬값도 안 된다고 하셨어요."

"지금 우리가 더운밥 찬밥 가릴 때가 아니니까 그것도 알아봅시다."

"공단을 뒤져보면 일은 분명 있을 거예요."

"그럼 내가 나가서 일거리를 얻어 보죠. 난 오토바이를 탈 수 있으니까요."

머리를 맞대고 고민을 나눴다. 비록 제대로 먹지도 못하고 씻지도 못했지만 그 순간 우리들은 행복했다. 같은 고민을 함께 나눌 사람이 있다는 것이 세상을 얻은 듯 기뻤다. 우리는 혼자가 아니었다.

며칠 만에 집에 들어가니 아내가 대뜸 옷부터 벗겼다. 제대로 씻지도 못하고 옷도 갈아입지 못했으니 온몸에서 시궁창 냄새가 났다.

"먹는 건 대충 먹는다 해도 당신 대소변은 누가 봐주나요? 불쌍한 장애인이 그 사람들뿐이랍디까? 형님 있는 미국에 가서 사회복지를 공부한 뒤에도 얼마든지 도와줄 수 있을 텐데 꼭 이렇게 같이 살아야 돼요? 당신 꼴이 지금 어떤지 알기나 하고 다니는 거예요?"

더운 물을 적시고 비누거품을 내어 내 등을 문지르던 아내가 울음을 터뜨렸다.

"왜 그래?"

"대변 뒤처리를 제대로 못 하니 엉덩이가 다 짓물러 터졌어요. 살이

88

헐어 고름이 흐르는 줄도 모르고 대체 뭘 한 거예요?"

아내가 고름을 닦아내고 알코올로 소독을 하고 말리는 동안 나는 엉덩이를 내놓은 채 멍하니 엎드려 있었다. 나는 내 맘대로 변을 볼 수 없다. 나의 뜻과는 상관없이 아무 때나 흘러나온다. 처음엔 소변도 그렇게 줄줄 흘렸다. 그러다 도저히 그렇게는 살기 싫어 소변이 흐르지 않도록 죽을힘을 다해 참았다. 그렇게 소변을 참아버릇하자 소변이 아예 나오지 않았다. 소변을 누지 못하게 되어버린 것이다. 그 뒤로 두어 시간에 한 번씩 소변 줄을 넣어 인위적으로 소변을 빼낸다.

"대변을 어떻게 처리하느냐니까 왜 대답을 안 해요?"

"서로서로 도와줘. 밥도 먹여주고 세수도 시켜주고."

"목욕도 시켜줍니까?"

"목욕할 데가 있어야 목욕을 하지."

"언제까지 거기서 살 거예요?"

"당분간은 계속 있어야 할 거 같아. 내가 없으면 일거리를 구해올 사람이 없어."

아내의 입에서 한숨이 터져 나왔다.

"그 사람들만 불쌍한가요? 우리 자식들은 안 불쌍하고요? 나는 또 무슨 죈가요? 어제도 재성이 돌보랴 가게 지키랴 밤이면 바느질하랴 허리가 부러지는 줄 알았어요. 재성이는 아빠 얼굴도 잘 모를 거예요."

자기감정을 잘 표현하지 않는 아내가 그렇게 말하기끼지 속이 일마나 문드러졌을지는 나도 잘 알았다. 그래도 엉덩이에 바른 약이 말라

바지를 입혀주자마자 나는 입을 열었다.

"여보, 아무래도 작업실을 얻어야 할 거 같아. 지금 있는 지하실은 너무 어두워서 일을 제대로 할 수가 없어. 작업환경이 나쁘니 일감이 생겨도 제대로 하기가 어려워."

"가난 구제는 나라도 못 한답니다. 하물며 장애인 구제를 누가 할 수 있단 말이에요? 몸도 성치 않은 당신이 얼마나 도움이 될까요?"

"물론 나는 그 사람들을 부자로 만들어줄 수는 없어. 하지만 일을 하게 도와줄 수는 있을 거 같아. 중요한 건 그 사람들 모두가 일을 하길 간절히 원하고 있다는 거야. 일을 해야 세상 사람들과 같이 살 수 있어. 세상과 단절된 채 골방에 갇혀 백년만년을 살면 뭐하겠어? 나는 그 사람들에게 일거리를 찾아주고 싶어."

가만히 앉아있던 아내가 한참 만에 입을 열었다.

"당신 소원이 그렇다면 하고 싶은 대로 하세요. 마침 지난달에 계 탄 돈이 있으니 그걸로 작업실을 얻고 시작하세요."

그리고는 서랍을 뒤져 통장과 도장을 꺼내놓았다.

"이나마 모을 수 있었던 것도 2년 동안 당신이 열심히 일한 덕분이 에요. 당신이 새벽에 일어나 좋은 물건을 싸게 사오고 동네 사람들과 도 잘 지낸 덕에 장사도 잘되고 돈도 모인 거지요. 그러니 마음 편히 써요."

아내의 통장엔 500만 원이 들어있었다. '죽고 싶어도 죽을 시간이 없어 죽지 못한다'던 아내가 모아놓은 전 재산이었다.

• 우리들의 천국을 찾아서

구로구 독산동의 허름한 건물에 작업장을 얻었다. 그동안의 경험으로 우리가 가장 잘할 수 있는 일은 전자제품 조립이라는 결론을 얻었다. 일감을 따내려면 그에 맞춘 작업장이 마련되어야 했다. 목수를 불러 작업대를 만들었다. 각목과 철제 빔으로 기둥을 세우고 판자를 얹었다. 작업대 머리맡엔 형광등도 달았다.

나는 작업실 앞에 '에덴복지원'이란 나무간판을 내걸었다. 갈 곳 없는 장애인들이 모여 일을 하면서 자립하고 서로를 다독이며 옹기종기 살아간다면, 이곳이 바로 우리들의 낙원이 될 터였다.

"다섯 명이 일하기엔 너무 넓은 거 아니요?"

"지금은 다섯 명이지만 곧 50명, 500명이 될 겁니다."

"하하, 500명으로 늘어나면 이 건물을 아예 사버려야겠는 걸요?"

"이 건물을 사기만 하겠어요? 독산동을 다 사버려야지. 하하하!"

작업장 옆에는 작은 방을 만들었다. 함께 일하고 함께 먹고 자는 공동체의 시작이었다. 작업장 공사를 지켜보다가 나는 부르릉 굉음을 울리며 오토바이를 타고 일감을 찾아 나섰다. 당시 구로공단엔 크고 작은 수출 가공업체들이 즐비했다. 가리봉동 오거리엔 전봇대마다 일할 사람을 찾는 구인광고가 덕지덕지 붙어있었다. 그중에서 우리가 할 만한 일을 골라 공장에 찾아갔다.

"무슨 일이요?"

공장에 들어가려면 수위실부터 지나야 한다. 세상의 모든 수위는

1983년, 독산동의 허름한 방을 얻어 다섯 명의 중중장애인과 함께 일하고 함께 생활하는 공동체를 시작했다. 에덴복지원이라는 나무간판도 걸었다. 이곳이 바로 우리들의 낙원이 되기를 바라는 마음이었다. 사진은 구로동 시절의 에덴복지원.

약한 자에게 강하고 강한 자에게 약했다. 그들이 실제로 그런 게 아니라 그들에게 주어진 임무가 그러했다. 그리고 나는 물론 세상에서 가장 약한 자다.

"일거리 때문에 왔는데요, 공장장님 좀 잠깐……."

"공장장님은 당신 같은 사람들 만날 일이 없어요. 어서 가요!"

"잠깐만 만나보면 됩니다. 아주 잠깐……."

수위는 한사코 막아섰지만 나는 물러서지 않았다. 수위가 뭐라 하건 말건, 아침이건 저녁이건 찾아가 졸랐다. 하루 이틀 해서 안 되면 사흘 나흘이라도 찾아갔다.

나보다 먼저 지친 수위가 공장 문을 열어줘도 일감을 얻으려면 넘어야 할 고비가 첩첩산중이었다. 어렵게 만난 공장의 윗사람들은, "사정은 딱하지만 장애인들이 하기엔 너무 복잡한 일입니다."라고 부드럽게 퇴짜 놓기 일쑤였다.

"비록 손은 느리지만 그만큼 더 꼼꼼하게 잘할 수 있습니다. 한 번만 맡겨주십시오. 작업장도 마련했습니다. 걱정이 되시면 저와 함께 가보셔도 됩니다."

"하하, 답답하신 분이네요. 여기는 납기가 생명인 곳이오. 느리게 일하는 사람은 일할 수 없습니다."

짜인 각본처럼 똑같은 말들이 이어졌다. 때론 정중한 말로, 또 때론 거친 언사로 나를 밀어내도 나는 일어나 다시 찾아갔다. 그렇게 며칠을 계속 찾아가자 한 군데에서 만나보자는 연락이 왔다.

나는 상호와 또 다른 사람을 대동하고 나섰다. 사무실로 올라가기 위해선 적어도 세 사람이 필요했다. 공장은 구로 3공단에 있었다. 공장 앞에 이르자 그토록 완강하게 닫혀있던 문이 스르르 열렸다. 우리를 보자고 한 사람은 2층 사무실에 있었다. 공장 안에 엘리베이터는 없었다. 나를 휠체어에 앉힌 채로 두 사람이 양쪽에서 휠체어를 들고, 또 한 사람은 밑에서 받치면서 한 계단 한 계단 걸어 올라갔다. 우리는 땀을 닦고 사무실 안으로 들어섰다.

"2층까지 올라오시느라 고생 많으셨습니다."

그렇게 정중한 인사를 받아본 적이 없었다. 나는 구부러지지 않는 목을 억지로 숙여 인사를 했다.

"이건 장난감에 들어가는 전자부품인데요, 크게 어렵지는 않지만 꽤나 신경 써서 꼼꼼하게 작업을 하셔야 합니다. 불량이 나면 저희가 곤란하거든요. 몇 분이나 작업을 하실 수 있는지요?"

"우선은 다섯 명이지만 곧 늘어날 겁니다."

"처음엔 조금만 드리고 손에 익으면 차차 늘려나가겠습니다. 수출 물량을 맞춰야 하니 납기는 꼭 지켜주셔야 합니다. 그런데 물건은 어떻게 가져가실 건가요?"

"그건 걱정 마십시오. 이래봬도 제가 오토바이를 아주 잘 타거든요."

하하하, 유쾌한 웃음을 남기고 사무실을 나왔다. 기분 같아선 계단을 뛰어 내려가고 싶었지만 또다시 휠체어에 들려 내려갔다. 작업장으로 돌아온 나는 삼발이 오토바이 뒷바퀴에 수레를 달고 가서 일감을 잔뜩 싣고 왔다. 역시 두드리면 열리는 법이었다.

• 석 달 수입 36만 원, 지출 35만 원

일을 시작했다. 손바닥만 한 플라스틱판엔 바늘구멍 같은 게 촘촘히 뚫려있었다. 그 구멍마다 지정된 부속품을 끼워 넣고는 납땜으로

94

마무리를 하는 게 우리의 일이었다. 작업대 머리맡에 형광등을 밝히니 작은 구멍 하나까지 훤히 보였다. 처음엔 구멍만 봐도 눈이 어질어질했다. 거기에 끼워 넣을 부속품은 또 어찌나 작은지 떨어뜨리기 일쑤였다. 실처럼 가느다란 부품을 구멍마다 찾아 넣는데 익숙해지기까지는 꼬박 하루가 걸렸다. 이튿날은 첫날보다 훨씬 수월했다. 다섯 명의 친구들은 눈이 빠지고 뒷목이 뻣뻣하게 굳어도 모를 만큼 일에 몰두했다.

숟가락도 제대로 들지 못하는 나는 작업을 도울 수 없다. 그들 사이로 휠체어를 밀고 다니며 작업이 제대로 되는지를 확인했다. 납땜까지 된 패널이 한 개 두 개씩 쌓이면 마음이 뿌듯했다. 나는 연신 벙글거리며 작업장을 돌아다녔다. 다섯 명의 식구들 역시 얼굴에서 웃음이 떠나지 않았다.

주문을 받은 지 일주일 만에 오토바이에 물건을 싣고 납품을 하러 갔다. 그토록 완강하던 수위가 반갑게 웃으며 문을 열어주었다. 나는 휠체어에 들려서 2층 사무실로 올라갔다.

"수고 많으셨습니다. 일은 하실 만하던가요?" 하면서 담당자는 완성된 전자패널을 앞뒤로 꼼꼼히 살펴보았다.

"아주 얌전하게 하셨네요. 납땜이 쉽지 않은데 말끔하게 잘하셨습니다."

담당자는 박스를 열어 완성품의 숫자를 헤아렸다. 그러더니, "가져오신 박스가 이것뿐인가요? 제가 드린 숫자랑 맞질 않네요." 하고 물었다.

"아, 가져간 부품들은 아직 저희들한테 많이 있습니다. 일단 먼저 된 것부터 가져온 겁니다."

"지난번 드린 걸 아직 다 못 하셨다고요?"

담당자는 난감한 얼굴이 되었다. 우리가 해온 물건은 비장애인들이 작업하는 것의 20퍼센트밖에 되지 않는다고 했다. 비장애인이 하루에 할 일을 우리는 닷새에 걸쳐 한다는 이야기였다.

"이렇게 하시면 가져가실 돈이 정말 얼마 안 됩니다. 그걸로 밥벌이가 되시겠어요?"

담당자는 걱정 어린 얼굴로 혀를 찼다. 그러나 내 생각은 달랐다.

"적게 벌면 적게 먹지요. 그런 건 문제도 되지 않습니다. 저희도 일을 할 수 있다는 것이 가장 중요합니다. 지금은 비장애인의 20퍼센트밖에 못하지만 한 달 두 달이 지나면 30퍼센트, 40퍼센트 할 수 있을 겁니다. 일이 느리다고 내치지만 마시고 계속 일을 시켜주세요."

"내치긴요, 드릴 돈이 적어 미안해 그렇지, 일솜씨는 아주 훌륭하신 걸요. 정성스레 작업하신 게 훤히 보입니다."

그날 우리는 병아리 눈물만큼의 돈을 받았다. 받은 돈으로 쌀도 사고 연탄도 샀다. 아내는 이화식품을 하는 틈틈이 작업장에 와서 식구들 밥을 해줬다. 가게에서 팔다 남은 야채는 모조리 우리들 차지였다. 작업장 안쪽에 마련한 방에서 함께 먹고 함께 잤다. 저녁 늦도록 작업을 하고 한방에 나란히 누우면 이야기가 꽃을 피웠다.

"일을 준다고 해서 갔더니 물건을 한 보따리 줍디다. 그리곤 느닷없이 돈을 내라는 거예요. 물건을 팔고 내가 도망가면 자기가 망하니까 물건 값을 먼저 내라는 거지요. 그래서 안 하겠다고 했더니 보따리를 받아서 이미 풀었기 때문에 물릴 수가 없다는 거였어요."

"저런 날도둑놈들을 봤나. 그래서 어떻게 했어요?"

"맘 같아선 보따리를 던져버리고 튀고 싶었지만 이 다리로 뛸 수가 있나요? 가지고 있던 돈을 다 내주고 돌아왔지요. 버스 타고 가라고 차비는 줍디다."

"우리 같은 사람을 등쳐먹는 이들은 인간도 아닙니다. 모르는 사이라고 어찌 그럴 수가 있답니까?"

"꼭 모르는 사람만 그러는 것도 아니에요. 나는 우리 작은아버지가 데리고 가서 일을 시켰어요. 택시회사를 갖고 계셨으니 꽤 부자지요. 우리 집엔 날 데리다 운수사업 하는 걸 가르친다고 하셨지요. 나도 그런 줄 알고 따라갔고요. 갔더니 택시 닦는 일을 시키데요. 밤이고 낮이고 택시가 교대해서 들어오면 걸레 들고 허리가 부러지도록 닦았습니다. 월급은 모아서 목돈 만들어 준다기에 철석같이 믿고 달란 말도 안 했습니다. 그렇게 3년을 일했는데 이민 간다고 나도 모르게 회사를 팔아버렸어요. 내 통장 달라고 찾아가니 그런 게 어디 있냐면서 밀어 냈습니다. 나 아니면 너한테 누가 일을 시키겠느냐, 그동안 먹고 자느라 든 돈이 얼만 줄 아느냐, 소리소리 지르더군요. 그런데 그 말도 맞습디다. 그 이후론 아무도 일을 시켜주지 않았으니까요."

아이고, 저런 나쁜 놈들…… 하며 혀를 끌끌 차다보면 서로가 형 같고 아우 같았다. 남한테 말할 수 없는 고통을 안고 산다는 동병상련의 마음이 우리를 끈끈하게 이어주었다.

"우리 같은 사람들이 모여 회사를 차리다니 정말 꿈만 같아요."

"회사요? 복지원도 회산가?"

"복지원 회사라고 하죠, 뭐. 우리 공장이 얼마나 번듯합니까?"

"그럼 누가 사장이고 누가 전무예요? 나는 상무나 하렵니다, 하하하."

"우리들은 여기서 반드시 성공해야 합니다. 남들 보란 듯이 꼭 성공해야 해요. 그래야 장애인도 일할 수 있다는 걸 세상 사람들이 알게 되지요. 세상 사람들은 우리가 밥만 먹으면 되는 줄 알아요. 나는 그게 젤 싫었어요. 밥 다 먹었으면 뒷방에 가서 얌전히 있어라, 우리 엄마는 늘 그랬어요. 나도 나가서 놀고 싶고 학교도 가고 싶은데 말이지요."

"나는 공사장에서 사고로 다리를 잃었어요. 철제 빔이 무너지면서 다리가 깔렸거든요. 보상이라고 쥐꼬리만큼 나와서 제대로 치료도 받지 못했어요. 미친놈처럼 일거리를 찾아다녔지만 아무도 일을 주지 않았어요. 가만히 앉아만 있어도 되는 매표원조차 안 된다는 거예요. 아니, 다리가 고장 나면 손도 못 쓰고 머리도 못 굴립니까? 멀쩡한 사람도 일자리가 없는데 장애인한테 줄 게 있겠느냔 소리도 들었어요."

"그래요, 정말. 우리처럼 일하고 싶어 애쓰는 장애인이 한둘이겠어요? 그런데 세상 사람들은 우리한테 아무 일도 주지 않아요."

"우린 작업대도 남아도는데, 그런 사람들을 불러와야 해요."

"우리들이 모여 공장을 차렸다는 걸 널리 알립시다. 그래야 세상 사람들이 장애인도 일을 한다는 걸 알게 되지요."

"그러자면 우리가 일을 아주 잘해야 해요. 우리가 선구자니 말입니다. 하하하!"

코를 골고 잠에 떨어지기까지 우리의 이야기는 끝이 없었다.

복지원을 시작하던 1980년대 초까지만 해도 장애인은 집 밖에 나오면 안 되는 존재였다. 설령 밖에 나간다 해도 인도와 차도 사이의 도로 턱이 높아 휠체어가 다니기도 힘들고 장애인이 이용할 만한 화장실도 없었다. 스스로 용기를 갖고 밖에 나왔다가도 좌절만 안고 돌아가기 마련이었다. 그러니 장애인이 일을 한다는 건 생각도 못 하던 시절이었다.

추위가 닥치고 12월이 되었다. 작업장이 추워서 손이 곱아 연탄난로를 들였다. 생각보다 연탄 값이 많이 지출되어서 밥값을 더 알뜰하게 관리해야 했다. 그래도 나날이 작업량이 늘어가는 게 다행이었다. 연말이 되어 그동안의 살림을 정리했다. 석 달 동안의 총수입은 36만 원, 총지출은 35만 원이었다. 지출된 돈은 식비와 전기세, 그리고 수도세와 연탄 값이었다.

"이걸 어쩌지요? 그동안 열심히 일하셨는데 나눠드릴 돈이 없네요."

나는 몹시 난처했다.

"벌어서 다 먹어치웠구먼. 참 먹성들도 좋소, 하하하."

"빚 없이 살았으면 성공한 겁니다. 첫술에 배부를 수 있나요?"

"내 손으로 일해서 내 밥벌이를 했으니 대단하지 않소? 하지만 내년에는 우리도 월급이란 것 좀 받아봅시다."

제야를 알리는 보신각 종소리가 라디오에서 흘러나왔다. 우리는 과자 몇 봉지를 안주 삼아 사이다로 축배를 들었다. 남들처럼 두둑한 연말보너스는 챙기지 못했지만 단칸방에 누운 우리들 마음은 누구보다 풍요로웠다. 누구의 도움도 받지 않고 우리 스스로 일을 해서 밥을 먹고 연탄불을 피우며 산다는 것이 우리를 그렇게 만들었다. 마음이 당당해지자 얼굴이 밝아졌다. 마음의 그늘도 없어졌다. 작업을 하면서도 저절로 웃음이 지어졌다.

연말결산을 마치고 나자 공장 운영에도 자신감이 붙었다. 큰돈을 벌지는 못하지만 우리끼리 먹고살아 갈 수 있지 싶었다. 그러자 묘한 욕심이 솟았다. 이 사회에 '우리가 있다'는 걸 알리고 싶었다. 일할 엄두조차 내지 못하는 장애인들에게도 '장애인도 일할 수 있다'고 말해주고 싶었다. 그래야 그들도 용기를 내서 일을 찾을 게 아닌가.

나는 방송사며 신문사로 사연을 보내기 시작했다. 중증장애인들이 모여 일을 한다는 사연이 특이했는지 기독교방송과 KBS에서 출연제의가 왔다. 방송국에 간 나는 마이크를 잡고 간절하게 외쳤다.

"저는 전신마비장애인입니다. 지금 중증장애인들과 함께 전자제품 임가공을 하며 살고 있습니다. 장애인은 몸이 불편할 뿐이지 아무 일도 못하는 무능한 존재가 아닙니다. 장애인이 된 것을 원망하며 골방에 숨어있는 분이 계시다면 지금 당장 세상 밖으로 나오십시오. 일하고 싶어도 일할 데가 없어 좌절한 분들도 용기를 내어 다시 도전하십시오. 세상엔 우리들이 할 수 있는 일이 분명히 있습니다. 우리 함께 우리가 할 수 있는 일들을 찾아냅시다. 우리도 일할 수 있다는 걸 세상에 보여줍시다."

방송이 나가자 전국에서 편지가 쏟아져 들어왔다. 전화통도 불이 났다. 작업실로 직접 찾아오는 장애인들도 많았다. 수많은 편지에 답장을 쓰고 전화 상담을 했다. 찾아오는 장애인들은 심사를 해서 두 손을 쓸 수 있으면 작업실에 합류시켰다. 어느새 작업실은 30명이 넘어 북적거렸다. 두 줄로 늘어선 작업대에서 모두 작업을 하니 그 사이로 휠체어를 타고 지나가기도 힘들 지경이었다.

작업실 인원이 늘어났으니 더 많은 일거리를 찾아와야 했다. 휠체어를 미는 손바닥이 닳도록 공단을 누비고 돌아다녔다. 문전박대쯤 두렵지도 않았다. 사무실이 4층, 5층이라도 주저 없이 올라갔다. 우리

"장애인은 몸이 불편할 뿐, 무능한 존재가 아니다. 세상엔 우리가 할 수 있는 일도 분명히 있다." 우리 사연이 방송에 나가자 많은 장애인들이 함께 일하게 해달라고 찾아왔다. 기회가 없었을 뿐, 일하고 싶은 열망은 누구보다 큰 사람들이었다.

식구가 모자라면 지나가는 사람을 불러서 나를 좀 올려달라고 했다. 고맙게도 사람들은 땀을 뻘뻘 흘리면서 나를 옮겨주었다. 그런 모든 이들의 정성이 통한 덕분에 일감을 얻어냈다. 그 일감으로 작업실 식구들이 밥을 먹고 얼마간의 돈을 나눌 수도 있었다.

• 집을 잃고 사람을 얻고

우리의 이야기가 알려지면서 KBS TV의 인기 토크쇼인 '11시에 만납시다'에 출연하게 되었다. 사회 저명인사들이 출연하는 프로그램에 휠체어를 타고 나가게 된 것이다. 1985년 4월 8일, 방송국에 막 도착하자마자 분장실로 전화가 급히 걸려왔다.

"원장님, 큰일 났어요. 나흘 뒤에 우리 집을 강제철거한대요. 어떻게 하면 좋아요?"

전화 속에서 아이는 울고 있었다. 가슴이 철렁 내려앉았다. 드디어 올 것이 왔구나 싶었다. 우리가 세 들어있는 건물의 주인이 부도를 내고 도망갔다는 소문이 들리더니 며칠 전에는 은행에서 건물을 비우라는 통보를 해왔다. 그날 방송을 어떻게 했는지 기억조차 나지 않는다.

백방으로 알아봤지만 빚을 갚지 않는 한 아무런 방법이 없다고 했다. 이미 서른 명이 넘는 사람들이 일하면서 먹고 자는 곳이었다. 쫓겨나면 이 많은 식구들을 데리고 어디로 가야할지 앞이 깜깜했다. 휠체어며 목발을 줄줄이 달고 가야 할 우리를 받아줄 곳이 어디 있을까.

통보했던 날이 다가왔다. 무려 스무 명도 넘는 집달관이 몰려왔다. 그들은 우리들부터 밖으로 몰아냈다. 그리곤 작업대를 부수고 작업기구며 이불보따리, 가재도구를 닥치는 대로 내던졌다. 아이들이 소리 내어 울었다. 나는 넋이 나가 멍하니 그 모든 과정을 바라만 보았다. 집달관이 돌아가고 난 뒤에도 정신을 놓고 망연자실 앉아 있었다.

4월이라 봄이라지만 저녁 공기가 차가웠다. 여자 원생들이 먼저 일어나 움직였다. 부서진 나무판자를 모아 불을 피우고 내동댕이쳐진 밥솥에 쌀을 씻어 안쳤다. 피난민처럼 길바닥에 앉아 밥을 나눠 먹었다. 밤이 되자 보따리에서 이불을 꺼내 서로 나누어 덮었다. 휠체어에 앉은 채로, 더러는 부서진 합판을 깔고 누워서 밤을 지새웠다.

날이 밝았다. 한뎃잠을 잔 탓에 감기에 걸린 듯 몸이 쑤시고 머리가 무거웠다. 몸이 약한 아이들의 건강이 걱정스러웠다. 억지로 밥 한 술을 넘기고 은행에 가서 사정을 했다. 당장 비바람을 피할 수 있게만 도와달라고 해도 대답은 냉랭했다. 구청에 가서 하소연을 해도 마찬가지였다. 도대체 몸도 성치 못한 사람들끼리 모여서 뭘 하자는 거냐고, 이런 공동체가 말이나 되냐고, 이쯤에서 걷어치우는 게 낫다는 훈계만 잔뜩 들었다.

이틀 밤을 자고 나자 여자 원생들 중에 열이 나고 아픈 사람이 생겼다. 이대로 가다간 모두 환자가 될 판이었다. 나는 또다시 구청이며 은행을 찾아가 사정했다.

"이러다 몽땅 병이 나 드러누우면 어떡합니까? 제발 밤이슬만이라도 피하게 해주세요. 건물이 비어 있잖습니까? 우리가 집을 구할 때

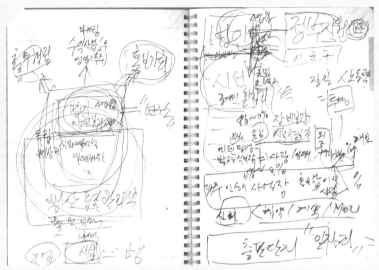

나는 늘 스프링 노트를 끼고 다니며 메모를 한다. 홍성규를 처음 만났을 때도 비에 젖은 스프링 노트에 무언가를 적고 있었다. 지금도 뭔가 하고 싶은 일이 있거나 아이디어가 떠오르면 노트를 꺼내 메모한다. 이 꿈들을 이루는 데 가장 큰 도움을 준 홍성규 원장은 에덴의 홍반장이다.

까지만이라도 들어가 살게 해주십시오. 제발 부탁합니다."

때맞춰 비도 내렸다. 추적추적 내리는 빗속에 이불을 들쳐 쓰고 덜덜 떠는 모습을 보자 눈물이 고였다. 정말 여기서 모든 걸 접어야 하는 걸까 하는 약한 마음이 들었다. 이러다 큰병이라도 나면 어떻게 할 건지 막막했다. 시간이 지날수록 마음이 흔들렸다. 사흘이 지나자 아픈 사람들이 더 늘어났다. 그런데도 집으로 돌아가겠다는 사람은 한 명도 없었다. 거리에서 밥을 해 먹고 한뎃잠을 자면서도 서로서로 아끼고 도왔다. 어린 그들이 나보다 더 강했다. 나는 다시 힘을 얻어 은행과 구청을 찾아가 빌었다.

"원래는 안 됩니다만 사정이 딱하니 한 달만 말미를 드릴게요. 당분간 들어가 사십시오."

우리를 매몰차게 내쫓았던 은행이 건물 지하실을 내주었다. 나는 머리를 수백 번 조아려 감사인사를 했다. 멀쩡히 내 돈을 내고 들어간 집인데 느닷없이 쫓겨나고, 우리를 내쫓은 은행 사람들한테 고맙다고 절을 하는 내가 참으로 한심하고 답답했다.

그때, 우리를 물끄러미 지켜보는 키 큰 청년이 있었다. 하루 이틀 그렇게 멀찍이 지켜보기만 하던 청년이 사흘째 되던 날은 좀 더 가까이 다가왔다. 그러더니 또 슬그머니 사라져버렸다. 그러던 청년이 하루는 내게로 다가왔다. 내가 청년을 보고 물었다. "여기 왜 왔소?" 그러자 청년은 부끄럼을 타는지 말도 없이 달아나버렸다. 청년은 다리를 절었다. 그 다음날, 청년은 또다시 찾아왔다. "비 때문에 감기에 걸린 분들이 많은 거 같던데요." 하고 청년이 말을 붙였다. 휠체어에 앉아 비에 젖은 스프링 노트에 상황을 적고 있던 나는 짐짓 모른 척했다. 청년은 말을 이었다.

"저는 언덕 위 독서실에서 공무원시험 공부를 하고 있습니다. 며칠 전 쉬는 시간에 나와서 보고 많이 놀랐습니다. 하루 이틀쯤 지나면 철수하겠거니 생각했는데 계속 버티시더군요. 하룻밤 자고 나면 오늘은 어찌 되었나 궁금한 마음이 들어 나와 보고, 그래서 며칠 동안 날마다 지켜보았습니다."

나는 얼굴을 들어 청년을 바라보았다. 얼굴이 희고 멀끔했다. 청년은 날마다 우리들을 찾아와서는 부서진 나뭇조각 같은 걸 치워주며

서성거리더니 우리가 건물의 지하실로 들어가고 나자 아예 지하방으로 찾아왔다. 수줍음을 타는 듯 보였던 청년은 의외로 말도 잘하고 활발했다. 어려서 소아마비를 앓았다는 청년은 장애인 문제에 관심이 많았다. 나는 청년을 상대로 장애인이 어떻게 살아야 행복한지를 이야기했다. 청년은 눈을 빛내며 내 이야기를 들어주었다.

"저는 다리가 불편하기 때문에 공무원이 되려고 합니다. 공무원이 제일 차별이 없다고 해서 시험공부를 열심히 하고 있습니다. 그런데 막상 시험 날이 다가오니 마음이 너무 복잡합니다. 제가 아무리 시험을 잘 봐도 신체검사를 통과할 수 있을지 자신이 없습니다."

청년의 불안감은 당연한 것이었다. 시험에 우수한 성적으로 붙어도 신체검사에서 떨어뜨릴 확률이 더 컸다. 청년의 처지가 안쓰럽고 한편으론 청년이 탐났다.

"그렇게 걱정이 많아서야 공부가 제대로 되겠나? 그러다 자네 말대로 신체검사에서 떨어지기라도 하면 또 어떻게 할 건지도 문제로군. 차라리 다른 일을 해보면 어떨지……."

나는 말끝을 흐렸다. 나와 함께 일하자는 말은 차마 하지 못했다.

"다른 일이요?"

"공무원보다는 이 길이 더 보람 있을 지도……."

나는 짐짓 흘리듯이 말했다. 청년을 욕심내다니 내가 생각해도 너무 과하다 싶었다. 청년은 며칠 뒤에 다시 찾아왔다.

"원장님, 저 공무원시험 공부 그만두었습니다. 오늘부터 원장님하고 같이 일하렵니다."

"무슨 생각에서 그런 결심을 한 건가?"

"원장님 말씀에 마음이 홀렸습니다. 저도 원장님 하시는 일에 동참하게 해주십시오."

싱글거리며 웃고 있는 청년의 손을 덥석 잡았다. 천군만마를 얻은 거 같았다.

"고맙네, 고마워. 우리 같이 힘을 합해 장애인도 일을 하며 인간답게 사는 세상을 만들어 보자고."

청년은 그날부터 우리와 함께 먹고 자면서 일을 했다. 공무원 공부를 했던 터라 사무를 처리하는 능력이 뛰어났다. 공식적으로 처리할 일을 모두 청년에게 맡겼다. 청년으로 하여 새 힘을 얻은 나는 이사 갈 새집을 얻기 위해 동분서주했다. 그 청년의 이름은 홍성규. 지금까지 나와 함께 일하고 있는 홍 원장이다.

• 나도 수출역군이 될 수 있다

길바닥으로 쫓겨난 뒤 여러 신문사에서 취재를 해갔다. 그러나 정작 기사가 실린 곳은 한 곳뿐이었다. 신문엔 보도블록 위에 이불을 뒤집어쓰고 누운 사진 아래로 '거리로 쫓겨난 자활의 꿈'이라는 제목이 붙어있었다.

신문보도가 났으니 도움을 줄 기라고 기대를 하고 구청을 찾아갔다. 결과는 오히려 반대였다. 그렇게 사정이 곤란하면 차라리 복지원

내가 수출역군이 되었다니! 내가 만든 물건이 바다 건너 다른 나라로 수출된다는 것이 우리를 설레고 보람차게 했다. 눈이 빠지도록 정성을 들여 작업을 했다.

을 해체하라고 했다. 왜 사서 고생을 하느냐고도 했다. 그들이 보기엔 우리가 하는 일이 영 쓸데없어 보이는 모양이었다.

아무리 애를 써도 해결방법이 없어 기운이 빠져있을 때 낯선 사람이 찾아왔다. 태광하이테크라는 회사의 생산부장이라고 했다. 우리의 딱한 사정을 듣고 찾아온 그는 일감을 주겠다고 했다.

"무선전화기를 조립하는 일입니다. 그동안 전자부품 임가공을 하셨으니 우리 일도 잘하시리라 믿습니다. 더 크게 도와드리지 못해 죄송합니다."

공손한 그의 태도에 머리가 절로 숙여졌다. 무시당하는 데 익숙해져 있던 우리한테 허 부장의 태도는 감당하기가 어려울 정도였다. 역시 세상일은 모르는 거였다.

은행 측에서 내준 지하실은 어둡고 눅눅했다. 그래도 눈이 빠지도록 정성을 들여 작업을 했다. 며칠 뒤 맡겨준 일감을 들고 회사로 찾아갔다. 품질검사를 맡는 마음이 조마조마했다.

"일솜씨가 아주 훌륭하십니다. 앞으로는 일감을 더 늘려드리겠습니다."

합격이었다. 새 일감을 수레에 가득 싣고 날듯이 복지원으로 돌아갔다. 새 일감을 보고 다들 함성을 지르며 좋아했다.

"우리가 만든 전화기가 미국으로 수출된답니다. 우리가 수출역군이 된 거지요. 여러분이 일을 잘해서 물량을 더 받아왔으니 힘을 내서 더 잘합시다!"

와! 기쁜 함성이 터져 나왔다. 그들에게 그보다 더 좋은 소식은 없었다.

그 무렵, 내 마음을 움직이는 편지가 한 통 있었다.

원장님께

저는 어려서 불의의 사고로 양 손이 불에 타 왼손은 손가락 하나 없는 주먹손이고 오른손은 엄지와 검지만 남았습니다. 여덟 손가락 모두 불이 빼앗아 가고 말았지요. 부모님의 사랑과 형제들의 보살핌 속에서 그늘 없이 살아가고 있지만 나의 이름 석 자 대신에 붙어 다니는 '손 병신'이라는 말이 마음 한구석에 검게 남아 저를 웅크리게 합니다. 주위 다른 사람들의 손을 우러러보면서 제 마음은 먹구름이 됩니다.

원장님, 이 먹구름을 걷어내고 싶습니다. 우연히 원장님의 방송을 듣고 난 뒤부터 먹구름이 걷히고 파아란 하늘을 보는 거 같습니다. 이 땅에도 낙원 같은 곳이 있구나 하는 마음에 눈물이 흘렀습니다. 저는 두 손가락 으로 이 글을 쓰며 밥이며 빨래, 가사 일은 물론 주산, 수예 등도 할 수 있답니다. 저에게서 이 먹구름을 걷어주실 수 없는지요?

저의 아픈 호소를 들어주세요. 왜 우리들은 재능과 능력이 있는데도 몸 이 남과 다르다는 이유로 이 아픔을 겪어야 합니까? 신체적으로는 불편 하지만 마음까지 아프지는 않습니다. 결코 이 장애가 우리들에게 마이 너스가 아닌 플러스로 작용되는 삶이 되기를 소망합니다.

편지에 적힌 주소지는 철원이었다. 마침 철원의 기도원에 다니던 때라 가는 길에 들러봤으나 참외를 따러 갔다고 해서 만나지 못했다. 다음번 기도원에 가는 길에 또 들렀다. 그녀는 나를 보자마자 망설임 없이 에덴으로 따라왔다. 그녀가 바로 박대성이다.

"서울에 가면 저는 무슨 일을 하게 되나요?"

그녀는 명랑했다. 장애의 그늘이라곤 전혀 없어보였다.

"제가 중학생 때 아버지가 소를 팔아오라고 시키셨어요. 아니 제 손 이 이런데 어떻게 소를 팔아오라는 거냐고 제가 물었어요. 그랬더니 아버지가 네 손이 뭐가 어때서 소를 못 팔아온다는 거냐며 야단을 치 셨어요. 결국 저는 십 리 길을 걸어가 소를 팔아왔지요. 이 손으로 돈 을 받아 일일이 헤아려서 한 장도 흘리지 않고 아버지한테 갖다 드렸

영업은 나의 몫. 하루 종일 전화에 매달리고, 휠체어를 미는 손바닥이 닳도록 공단을 누비고 돌아다녔다.

어요. 소를 팔러 나설 때는 아버지를 원망했지만 소 판 돈을 들고 돌아올 때는 아버지가 고마웠어요. 아버지는 저한테 일부러 그 일을 시키신 거잖아요. 아버지가 그렇게 키우셨기 때문에 저는 뭐든지 할 수 있어요."

박대성은 손가락이 없는 주먹손을 흔들며 재재재재 말을 쉬지 않았다. 복지원으로 돌아와 나는 그녀에게 사무실 일을 맡겼다. 전화기를 처음 본 그녀는 전화가 올 때마다 송수화기를 거꾸로 들어 사무실에 웃음꽃이 터지곤 했다. 손가락 두 개로 그녀는 전화를 받고 서류를 만들고 내게 밥을 먹여줬다. 여덟 손가락이 모자라서 못 하는 일은 아무 것도 없었다.

• 물 위의 하룻밤

세 들었던 건물이 부도가 났으므로 우리는 고스란히 전세금을 떼었다. 억울해서 땅을 칠 노릇이지만 어쩔 수 없었다. 이화아파트를 담보로 은행융자 1천만 원을 받아 구로5동으로 이사했다. 전에 교회당으로 쓰이던 낡은 건물이었다. 시멘트 벽돌집에 슬레이트 지붕을 얹은 2층집이었다. 아래층은 작업실로 쓰고 2층에는 사람들이 먹고 잘 방을 만들었다. 그새 식구가 40여 명으로 늘어나 방도 다섯 개를 들였다.

우리들의 이야기가 기독교방송을 통해 계속 퍼져 나갔다. 그 바람에 편지를 보내거나 전화 상담을 하는 이들이 끊이질 않았다. 일하겠다고 찾아오는 사람들을 작업실이 좁아 돌려보낼 때는 면구스럽기 그지없었다. 일하라고, 일을 해야 인간답게 살 수 있다며 세상 밖으로 나오라고 그들을 부추겨놓고는 막상 일을 시켜주지 못하니 내 자신이 부끄러웠다.

나날이 늘어나는 식구들 때문에 작업실이 모자라 방에도 작업대를 들이고 밤이면 작업대 밑에서 꼬부리고 잠을 잤다. 그래도 방이 모자라 2층에 있던 내 사무실을 방으로 내주고 마당 한쪽에 합판으로 가건물을 세워 옮겨갔다.

수십 명의 식구들이 열심히 일을 하고 아끼며 살아도 늘 적자를 면치 못했다. 그래도 사람들 급료는 밀리지 않고 꼬박꼬박 챙겨주었다. 월급이라고 부르기에도 차마 민망한 금액이었지만 홍성규는 최선을 다해 얼마씩의 급료를 나눠주었다. 그는 자기 월급으로 최저임금도 안 되는 7만 원을 받아갔다. 공무원 월급이 15만 원쯤 되던 시절이었다. 공무원이 되도록 그냥 둘 걸, 하는 미안한 마음이 들었다.

살림이 쪼들리니 생필품을 제외한 곳에는 돈을 쓰기 어려웠다. 이사 올 때부터 깨져있던 유리창을 고치지 못해 창문마다 비닐을 쳐서 막고 추운 겨울을 보냈다. 가장 곤란한 것은 화장실이었다. 건물에 화장실이 없어서 마당 한 구석에 각목으로 기둥을 세워 천막으로 가리고 판자를 얹어 화장실 두 개를 만들었다. 겨울 아침에 볼일을 볼라치면 엉덩이가 얼어붙어 고드름이 달릴 지경이었다. 그나마도 아침이면 길게 줄을 서야 해서 용변이 급한 사람은 가로공원에 있던 공중화장실까지 가야 했다.

그래도 우리는 희망에 부풀어있었다. 태광하이테크에서 안정적으로 일감을 주었고 새로운 식구들이 계속 늘어났다. 사람이 늘자 작업대가 모자라 작업대를 더 늘렸다. 작업대가 늘어나니 지원생들을 더 받아들이고, 그래서 또 작업대가 부족해지는 일이 반복되었다. 사람들은 곧 80여 명으로 늘어났다.

밥 먹을 곳도 없어 작업대에 일감을 밀어놓고 옹기종기 모여 밥을 먹었다. 점심을 먹고 나면 마당에 모여 햇볕을 쬐었다. 시멘트 블록을 쌓아올린 허름한 담벼락에 기대어 이야기를 나눴다. 아이들 가운데는 숨은 재주꾼들이 많았다. 노래도 잘하고 춤도 잘 추고 마술로 우리들 혼을 쏙 빼놓기도 했다. 그동안 저 끼를 감추고 어찌 살았나 싶을 만치 사람들을 웃기고 울렸다. 기타를 치며 목이 터져라 노래도 불렀다. 크리스마스가 되면 작업실 콘크리트 천정에 반짝이 줄을 달고 '창밖을 보라, 창밖을 보라, 흰 눈이 내린다' 하며 손뼉 치고 노래했다. 그럴 때 우리는 너나 할 것 없이 활짝 웃었다.

아래층 작업실에 판자를 덧대 만든 사무실에서 낮에는 사무를 보고 밤에는 책상 사이에 이부자리를 펴고 잠을 잤다. 벽이 얇아 겨울이면 춥고 여름이면 찌는 듯이 더웠다.

1987년 여름은 특히 더웠다. 하루 종일 휠체어의 등받이에 허리를 붙이고 앉아있으니 등에 땀띠가 돋았다. 감각이 마비된 나는 땀띠가 영글어 피가 나고 딱지가 앉아도 아픈 줄 모른다. 주인이 미련스러워 내 등은 만신창이가 되었다.

7월에 태풍 셀마가 올라왔다. 어찌나 바람이 야단스럽고 비가 세차게 쏟아지는지 거리를 나갈 수가 없었다. 휠체어는 비바람이 부는 날씨엔 무용지물이다. 나는 아무 데도 나가지 못하고 하루 종일 사무실에 박혀있었다. 작업을 마친 아이들이 2층의 잠자는 방으로 올라간 뒤에도 나는 쉬이 잠이 들지 않았다.

워낙 낡은 건물이라 비가 이렇게 쏟아지면 어딘가 구멍이 날지도 몰랐다. 비가 많이 오면 식구들이 지내기가 편치 않다. 건물 바깥에 있는 화장실을 다니는 것도 배나 힘들다. 게다가 처마의 채양이 막히지는 않았는지 지붕이 새지는 않는지 확인할 것도 많다. 이 궁리 저

5명으로 시작한 에덴복지원은 곧 40명, 80명으로 늘었다. 작업장이 좁아 방에까지 작업대를 들여놓았고, 밥은 작업대에서 일감을 밀어놓고 먹기도 했다.

1986년 구로동 시절, 휴식시간에 마당에 나와 햇볕을 쬐는 에덴 식구들.

궁리를 하다가 겨우 잠이 들었다.

어수선한 꿈속을 헤매다 잠이 깼다. 빗소리가 거세게 들렸다. 이상하게 베개 밑이 축축했다. 잠을 자며 땀을 많이 흘렸나보다고 생각했지만 이상했다. 얼굴도 젖어있었다. 땀이라기엔 아주 차가웠다. 비였다. 너무 더워 살짝 열어놓은 창문 틈으로 비바람이 들이쳤다. 벌떡 일어나 창문을 닫으면 그뿐이지만 내게는 불가능한 일. 이걸 아침까지 참아야 할지 아이들을 불러야 할지 난감했다.

그때 어디선가 이상한 소리가 들렸다. 울컥울컥 하고 좁은 구멍에서 물이 솟아오르는 소리였다. 시큼한 시궁창 냄새까지 올라왔다. 그제야 불현듯 정신이 들었다. 내가 누워 자는 방으로 하수구 물이 역류하는 거 같았다. 시큼한 물은 이부자리를 적시고 내 등을 적시고 베개를 적셨다. 물은 시시각각으로 차올라 이부자리 옆에서 출렁거렸다.

"사람 살려! 사람 살려!"

죽을힘을 다해 소리 질렀지만, 빗소리가 내 비명을 가로막았다.

"사람 살려!"

목이 터져라 불러댔다. 그러자 2층 창문을 통해 누군가 대답을 했다.

"원장님, 왜 그러세요?"

"사람 살려! 나 좀 살려다오!"

곧이어 누군가 방문을 열었다. 딸깍 불이 켜지고 아이의 비명소리가 났다.

"아니 이럴 수가? 원장님이 물에 잠겼어요!"

아이가 2층을 향해 고함을 질렀다. 잠이 깬 아이들이 우르르 내 방으로 몰려왔다. 물은 이미 발목을 넘어 내 배까지 차올라 있었다. 여러 사람의 부축으로 일어나 휠체어에 가까스로 올라앉았다. 온몸에서 물이 주르르 흘러내렸다. 방 안이 온통 물 천지였다. 아이들이 내가 탄 휠체어를 밀고 바깥으로 나올 때 물은 정강이까지 차올랐다. 어디선가 방으로 계속해서 물이 들어왔다.

아이들을 2층으로 올려 보내 아직 자고 있는 사람들을 모두 깨우라고 시켰다. 잠이 깬 사람들부터 이웃에 있는 교회로 대피시켰다. 휠체어를 밀고 가보니 1층 작업장도 무릎까지 물이 차올라있었다. 비교적 몸 움직임이 자유로운 아이들이 바가지와 대야를 들고 작업장으로 들어갔다. 물을 바깥으로 퍼내고 물에 젖어 떠내려가는 부품과 작업용품들을 건져냈지만 우리들 힘으론 역부족이었다. 비품들이 떠내려가는 것을 속수무책으로 바라보아야 했다.

교회로 대피한 사람들은 추위와 불안에 떨며 밤을 지새웠다. 아침이 되자 교회에서 빵과 우유를 주었다. 장애인올림픽 조직위원회의 조일묵 사무총장은 담요를 보내주었다.

물난리를 만난 작업장은 그야말로 아수라장이었다. 작업을 마친 임가공품들도 떠내려갔다. 남은 것들도 모두 비에 젖어 쓸 수 있는지 없는지 가늠조차 되지 않았다. 난감했다. 거센 비가 그친 뒤 설비기사가 왔다. 내 방 아래를 지나가는 낡은 하수관이 터졌다고 했다. "하수도 위에 방을 만드시다니, 하마터면 큰일 날 뻔했습니다." 하고 기사가 말했다.

셀마가 할퀴고 간 흔적은 오래도록 우리를 힘들게 했다. 물에 떠내려간 장비며 일감 때문에 손해가 이만저만이 아니었다. 하수도가 역류하면서 토해놓은 황토가 작업대마다 끈적거리며 들러붙어 떼어내는 것만도 보통 일이 아니었다.

셀마 덕분에 여름 내내 적자가 쌓여갔다. 엎친 데 덮친다고 날치기도 당했다. 월말이 다가와 사람들의 급여를 주려고 홍성규와 함께 가리봉 오거리의 은행에 가서 돈을 찾아 나오다가 당한 일이었다. 최저 생계비도 되지 못하는 돈이지만 아이들에겐 다달이 급여를 받는다는 게 뭣보다 소중했다. 일거리가 일정한 게 아니어서 놀고먹는 달도 있었지만 생활비와 급여는 필요했기에 급할 때마다 여기저기서 돈을 빌려 발등의 불을 끄곤 했다. 그날도 그렇게 빌린 돈 590만 원을 찾아 가슴에 안고 나오다가 순식간에 당한 것이다.

다리를 절룩거리며 홍성규가 사람들 속으로 뛰어가는 도둑을 쫓아갔지만 역부족이었다. 다행히 상당 부분이 수표여서 분실신고를 하여 실제로 잃어버린 돈은 그리 많지 않았지만, 한동안 맥이 풀려 일이 손에 잡히지 않았다.

• 개봉동이여, 우리를 받아주세요

집주인한테서 연락이 왔다. 지금 건물은 작업장으로 쓸 수 없으니 비워달라는 거였다. 가뜩이나 쪼들리는 살림에 대식구를 이끌고 어디로 가야하나? 밥이 넘어가질 않았다. 집주인은 하루가 멀다 하고 전

118

화를 해서 빨리 나가달라고 했다.

"원장님, 우리가 가진 돈으로 이만한 크기의 집을 빌리는 건 불가능할 거 같습니다."

집을 알아보러 다니던 홍성규가 시무룩하게 말했다.

"서울을 떠나면 어떨까? 김포나 의정부 같은 데로 말이야."

"일감을 어떻게 구하시려고요? 구로공단을 떠나면 일을 찾기가 더 힘들어집니다."

공단을 떠날 수는 없었다. 별 수 없이 구로구청을 찾아갔다. 우리가 들어가 살만한 건물을 싸게 빌려달라고 했지만 통하지 않았다. 구청의 힘으로 안 된다면 시청의 힘을 빌릴 수밖에. 나는 서울시청을 찾아가 복지국으로 무조건 올라갔다. 복지국장은 나를 보더니 반가운 얼굴을 했다.

"정덕환 원장님이시죠? 신문 방송에 보도된 것을 보았습니다. 사진이랑 똑같으시네요. 좋은 일을 하신다고 알고 있습니다. 무엇을 도와드릴까요?"

친절한 말씨에 내 마음이 녹아버렸다.

"요즘 힘든 일이 하도 많아서…… 쌀을 좀 보태주십시오."

집을 빌려달라고 해야 되는 걸 그만 쌀을 보태달라고 하고 말았다.

"마땅히 저희가 해야 되는 일이지요. 곧 보내드리겠습니다. 운영이 많이 어려우신가요?"

그때야 비로소 말문이 제대로 열렸다

"사실은 쌀이 아니라 집을 빌려달라고 왔습니다. 집주인이 당장 집을 비워달라고 하는데 우리가 가진 돈으론 지금의 대식구가 들어갈 집을 구할 수 없습니다. 그렇지만 집은 반드시 구해야 합니다."

복지국장은 잠자코 내 이야기를 듣더니 "땅만 있으면 시청에서 집을 지어드릴 수는 있습니다만……"이라고 했다. 귀가 번쩍 뜨였다. "정말 땅만 있으면 집을 지어줍니까? 정말입니까?" 하고 열 번도 더 물어보았다. 대답은 똑같았다. "네!"

집으로 돌아오는데 가슴이 벌렁거렸다. 땅만 있으면 집을 지어준다니 꿈같은 일 아닌가. 당장 땅을 구하기 위해 나섰다. 일단 주변의 부동산부터 알아보았다. 휠체어를 밀고 부동산의 문을 열라치면 다들 손사래부터 쳤다.

"나가세요, 여긴 당신들 같은 사람이 들어오는 데가 아니요."

이렇게 말하면서 문도 못 열게 하는 이들도 있었다. 더러는 휠체어가 다가오는 것을 유리창으로 내다보고는 동전을 먼저 던져주는 이도 있었다. 그럴 때면 동전을 주워들고 가게 안으로 들어갔다.

"땅을 보려고 하는데요, 200평정도 되는 걸로……."

부동산 업자는 긴가민가한 눈으로 우리를 바라보았다.

"돈이 문제지 땅은 얼마든지 있소만…… 얼마나 예산하고 나오셨습니까?"

그들이 내놓는 땅들은 우리로선 꿈도 꿀 수 없는 가격이었다. 하는 수 없이 교회와 사회단체들을 찾아가 비워둔 땅이 있으면 좋은 일에 싸게 주십사고 부탁을 했다. 개발이 한창 이뤄지고 있었지만 구로구나 시흥 쪽엔 아직도 빈 땅이 많았다. 저런 땅을 쓰게 해준다면 얼마나 좋을까.

"산 밑에 버려진 땅들도 다 임자가 있을까?"

"물론이지요. 보기엔 우스워보여도 땅값은 상당할 겁니다."

"우리가 가진 돈으론 어림도 없겠지?"

"곳곳에 소문을 내놨으니까 어디서든 연락이 올 겁니다. 언제는 저희가 돈이 있어서 이사 했나요? 억지가 사촌보다 낫다지 않습니까? 원장님 뚝심으로 밀어붙이면 잘될 겁니다."

건물 주인의 독촉은 나날이 더 심해졌다. 작업장을 떠나려니 그동안 들인 시설비가 너무 아까웠다. 내 땅에 내 집을 지으면 더 이상 이런 일은 없을 터였다. 다달이 들어가는 월세만 아껴도 곤궁한 살림살이가 확 필 거 같았다.

그때 한 교회에서 연락이 왔다. 개봉동에 있는 230평 땅을 1억 7천만 원에 판다고 했다. 부동산에서 알아본 땅들보다 훨씬 값이 쌌다. 게다가 상호신용금고에 8,500만 원에 저당이 잡혀있었다. 이것을 승계할 수만 있다면 우리가 원하는 크기의 땅을 8,500만 원으로 살 수 있다는 이야기였다.

흥분한 나는 이화아파트를 담보로 1천만 원을 대출받고 사채 1천만 원을 얻어 2천만 원을 마련해 계약을 했다. 서둘러 계약을 하고보니 8,500만 원 융자 외에도 5천만 원이 다른 사람 앞으로 가등기되어 있었다. 가등기된 사람에게 약속어음을 끊어 공증을 해주는 복잡한 절차는 홍성규에게 맡기고 땅을 보러 갔다. 닭과 돼지를 키우던 축사 옆으로 허름한 건물이 있었다. 축사를 헐고 3층짜리 멋진 건물을 지으리라는 기대에 벅차올랐다.

등기이전을 마치고 의기양양하게 서울시의 복지국장을 찾아갔다. "자, 이제 땅이 생겼으니 집을 지어 주십시오." 하고 나는 당당하게 말했다. 국장은 반가워하는 얼굴로 곧 좋은 소식을 전하겠노라고 했다. 그러나 며칠 뒤 날아온 소식은 청천벽력이었다. 우리가 산 땅 중에서 130평은 건축허가가 날 수 없는 땅이라 집을 지어줄 수 없다는 것이었다.

"도대체 이게 무슨 말이야?"

"230평 중에 100평만 대지고 나머지는 임야랍니다. 대지가 아니면 건물을 지을 수 없게 돼있어요."

"그럼 100평에 지어달라고 하면 되잖아? 땅이 좁으면 위로 올리면 되지."

"그것도 알아봤습니다만 최소한 200평은 돼야 시에서 지원을 해줄 수 있답니다. 지금 상태로는 건축 지원도 받을 수 없고 신축허가도 내줄 수 없답니다."

"그럼 어떡해? 지금 집을 곧 비워줘야 하는데 어디로 간단 말이야?"

눈앞이 깜깜했다. 헐값에 좋은 땅이 나왔다고 덜컥 사버린 나의 경솔함에 머리를 찧고 싶었다.

"구청으로 가보자. 무슨 수가 있을 거야."

우리는 구로구청으로 달려갔다. 구청에서는 며칠을 고심한 끝에 증개축허가를 내주었다. 낡은 건물을 새로 고쳐 써보라는 것이었다. 허가가 나오자마자 공사에 들어갔다. 빨리 구로동 집을 비워주고 한 달 치 월세라도 절약해야 했다. 그런데 공사를 시작했다는 연락을 받은 지 한 시간도 되지 않아 요란하게 전화벨이 울렸다. 주민들의 반대로 공사를 할 수 없다고 했다.

"무슨 소리야? 구청에서 허가가 난 건데?"

"장애인시설은 들어올 수 없다고 주민들이 길거리에 드러누웠습니다. 공사 차량이 들어갈 수도 없어요."

이럴 수가. 어이가 없어 화도 나지 않았다. 나는 다시 구로구청에 연락을 해서 도움을 청했다. 구청 직원이 바로 현장으로 달려갔다. 주민들은 그의 이야기를 들으려고도 하지 않았다. 그들을 설득하려는 구청 직원에게 달려들어 멱살잡이를 하다가 구청 직원이 얼굴을 다치는 일도 발생했다.

당시 전국에는 이런 상황이 다섯 곳에서나 벌어졌다. 장애인시설을 혐오시설로 여기는 주민들의 반대로 다섯 군데의 공사가 다 지지부진했다. 언론에서는 '이기적인 님비 현상'이라고 지적했지만 주민들은 좀처럼 물러서지 않았다.

'우리 아이들은 우리가 지킨다'라고 쓰인 현수막도 내걸렸다. 내 몸 추스르기도 힘든 사람들인데 누가 그들의 아이들을 해친다는 건지……. 우리들 때문에 집값이 떨어지고 동네의 격이 낮아진다는 주장에도 마음이 아팠다.

구청 직원들이 아무리 설득을 해도 주민들은 막무가내였다. 공사는 시작도 하지 못한 채 날짜만 흘러갔다. 급기야 주민들은 구청장 사무실까지 찾아갔다. 집짓기는 영 글렀나보다고 생각할 때 부구청장이 나섰다. 그는 경찰에 연락해서 길거리에 드러누운 사람들을 연행하게 했다. 경찰차가 들이닥치자 좁은 골목은 난리가 났다. 우는 사람, 소리 지르며 항의하는 사람, 우리를 향해 주먹을 날리는 사람들로 난장판이 되었지만 경찰들은 그들을 모두 싣고 가버렸다.

부구청장에게 인사를 하러가자 그는 담담하게 말했다. "마땅히 해야 할 일을 한 겁니다. 법에 맞게 증개축허가를 내준 건데 주민들이 반대할 근거가 없지요. 별 탈 없이 공사 잘하시길 바랍니다." 그는 별거 아닌 것처럼 말했지만 그건 정말 별일이었다. 전국에서 동시에 같은 상황이 벌어졌던 다섯 군데 가운데서 공사를 시작할 수 있었던 건 우리뿐이었다.

마침내 공사가 시작되었다. 거창한 공사를 벌일 형편이 아니었다. 낡은 건물의 벽을 헐고 블록을 높게 쌓아 2층을 올릴 참이었다. 지난번 교회당 건물처럼 네 벽과 지붕이 있는 공간이면 족했다. 포크레인이 우르르 소리를 내고 땅을 파기 시작했다.

경찰이 다녀간 뒤 주민들의 반대는 수그러들었다. 공사 차량이 드나들어도 나와 보는 사람도 없었다. 그 대신 조용한 반대가 시작되었다. 한 집 두 집 담장을 높이는 공사를 했다. 높직하게 담을 둘러치고 집을 꼭꼭 숨겨버렸다. 씁쓸했다.

작업장과 개봉동 집터를 오가며 바쁜 일정을 보내는데 난데없이 법원에서 등기우편이 날아왔다. 개봉동 땅을 사면서 5천만 원에 대한 약속어음 공증을 해준 것 때문이었다. 이제 갚으라는 통지였다. 지금 당장 돈이 있을 리 없었다. 나는 급히 변호사를 하는 친구에게 연락을 했다. 친구는, 약속어음을 써줬으니 내가 갚는 게 맞는다고 했다. 그게 법이라고 했다. 세상일에 어둡고 법에 문외한인 나로서는 막막하기만 했다. 하는 수 없이 또 돈을 빌려 1천만 원만 먼저 갚고 나머지는 몇 달 뒤로 미루었다. 몇 달 뒤에 무슨 수가 날까마는 그렇게라도 넘기고 공사를 진행해야 했다.

중간에 포크레인이 돌덩이를 잘못 건드려 옆집 담장을 부수고 돌이 굴러가는 사건이 생겼다. 옆집을 찾아가 죄송하다고 머리 숙이고 피해보상을 했지만, 옆집은 우리가 포크레인을 써서 신축공사를 벌이고 있다고 구청에 진정서를 넣었다. 다른 이웃들도 공사 때문에 먼지와 소음이 난다고 또 진정서를 넣었다. 어느 날은 집터로 들어가는 길에 커다란 돌을 가져다 막아놓기도 했다.

우여곡절 속에도 날짜가 가니 공사도 끝이 났다. 낡은 건물에 덧대 지은 집이지만 우리 땅에 지은 우리 집이었다. 갚아야 할 빚이 산더미 같았지만 일단은 우리 집을 치은 것만 기뻐하기로 했다.

'집을 다 지어도 들어와 살기는 어려울 거'라던 주민들의 협박이 있었기에, 이사 가던 날 은근히 걱정이 되었다.

"걱정하지 마십시오. 우리 집에 들어가는 건데 누가 막겠습니까?"

하루 빨리 집이 지어지기를 고대해온 아이들도 내게 말했다.

"원장님, 어서 가요!"

"못 들어가게 하면 우리도 뭔가 해야지요. 주민들이 때리면 우리도 한 대 쳐요."

나는 아이들에게 당부했다.

"아니야, 절대로 그래선 안 돼. 그들이 한 대 치면 차라리 그대로 맞자. 그냥 맞아주는 거다, 알겠지?"

자칫 흥분해서 대응하면 정말 험한 일이 일어날까 봐 이렇게 달랬지만, '차라리 한 대 맞자'고 말하는데 눈물이 핑 돌았다. 아이들도 손등으로 눈물을 씻었다.

홍성규를 먼저 보내 동네 분위기를 살피게 하고 길을 나섰다. 트럭 열 대에 살림살이와 작업 장비를 나눠 싣고 가는데, 눈앞에 개봉중학교가 보였다. 학교만 돌아서면 우리가 살 동네다. 주민들이 우리가들어가도록 놔둘까? 마음이 초조해지는데, 홍성규가 저쪽에서 뛰어왔다.

"원장님, 아무 일도 없습니다. 아무도 보이지 않아요."

"그게 더 이상한 거 아니야? 잘 살펴봐야지."

"아니에요, 정말 한 사람도 보이지 않습니다. 어서 가시지요."

"그럼 가보자, 설마 숨어있기야 하려고?"

골목길로 들어섰다. 정말 개미 한 마리 나타나지 않았다. 그대로 언덕을 올라 우리 집으로 들어갔다. 사람들은 만세를 부르며 좋아했다. 나는 '에덴하우스'라고 새로 만든 간판을 대문 위에 걸었다.

이삿짐을 내려 정리를 하는 사이 대성이가 시장에 가서 팥시루떡을 사 왔다.

"원장님, 이사하면 이런 걸 동네에 돌려야 친해지는 거예요."

이렇게 말하고는 김이 무럭무럭 나는 팥시루떡을 종이접시에 담아

이웃집에 돌리러 나갔다. 더러는 떡을 받아주고 더러는 끝까지 문을 열어주지 않았다. '제발 우리와 함께 잘 지내주세요.' 우리는 속으로 그렇게 빌었다.

"자네 꿈이 대체 뭔가?"
"장애인들이 비장애인과 마찬가지로 이 사회에서 인간적인 대접을 받으며
당당하게 살게 하는 거지요."
"어떤 게 당당한 삶인가?"
"일할 수 있고 일하고 싶은 장애인들이 제몫을 하며 사는 겁니다.
남의 도움으로만 사는 게 아니라 일을 하고 나라에 세금도 내며 사는 겁니다."

4장

휠체어에 앉아
세상 바꾸기

• 상표 없는 물건을 찾아라

이사를 하고나자 곧 추위가 닥쳤다. 무리해서 집을 지은 탓에 연탄 불조차 마음껏 피우기 어려웠다. 새집을 지으면서 화장실과 욕실을 널찍하게 만들었지만 더운물은 나오지 않았다. 아이들은 찬물에 목욕을 했다.

"대성아, 저러다 다들 병나는 거 아닌가 모르겠다."

"괜찮아요, 원장님. 수세미에 비누 묻혀서 마구 문지르면 오히려 열 나요." 하고 대성이가 생긋 웃었다. 일이 아무리 많고 고되어도 그녀는 화를 낸 적이 없다. 남들 앞에서 울어본 적도 없다. 강인해 보이지만 그 속은 한없이 섬세하다는 걸 누구보다 내가 잘 알았다.

"원장님, 지금 눈썹 가려우시죠?"

"어떻게 알았어?"

"눈을 찡긋찡긋하면서 손을 움찔하시잖아요. 그럴 때면 꼭 눈썹이 가려우시더라고요."

나는 종종 오른쪽 눈썹이 가렵다. 왜 그런지는 모르겠다. 벌레에 물린 것처럼 근질거리면 눈썹에만 신경이 쓰여 아무 일도 할 수가 없다. 그런 괴로움을 아는 이는 오로지 대성이뿐이다.

"원장님 무슨 걱정 있으시죠? 말씀하세요."

"아무래도 너는 점쟁이가 되어야겠다. 걱정거리는 또 어찌 알았냐?"

"걱정이 있는데 말씀을 못 하시니 괜히 눈썹도 가렵고 그런 거잖아요? 제가 원장님 마음을 훤히 들여다봅니다."

그녀 말이 옳았다. 얼마 전부터 마음에 걱정이 사라지질 않았다. 땅을 살 때 내가 가져간 돈은 2천만 원뿐이었다. 중도금은 상호신용금고에서 대출을 해서 갚았지만 잔금은 미처 갚지 못했다. 잔금을 갚기로 한 날이 부득부득 다가오고 있었다. 게다가 일거리마저 점점 떨어져 나갔다. 불경기가 계속되자 공단에는 소리 없이 문을 닫는 업체들이 늘어갔다.

"홍 과장, 경기가 왜 이렇게 안 좋아?"

"3저호황이 끝났거든요. 그동안 우리나라 돈이 싼 덕분에 수출이 잘됐는데 이제 원화가 오르니 수출이 막혀버렸어요. 6·29선언 이후에 임금도 가파르게 올라서 더 이상 수출경쟁력이 없어진 거지요."

저금리, 저유가, 저달러에 힘입은 호경기가 끝났다는 설명이었다. 원인이야 무엇이든 중요한 것은 우리 일이 없어졌다는 사실이었다. 하루 24시간이 모자라도록 공단을 돌아다녀 봐도 아무 소득이 없었다. 가슴에 돌덩이가 들어앉은 듯 답답했다.

"수출로 먹고살던 전자제품 산업이 제일 타격이 큽니다. 이대로라면 저희도 버틸 재간이 없어요. 전자제품 임가공 말고 할 수 있는 다른 산업을 찾아봐야겠어요."

"우리 손으로 할 수 있는 거면 뭐든지 해봐야지."

우리가 할 수 있는 일은 많았지만 우리에게 주어지는 일은 거의 없었다. 공장마다 돌아다니며 일거리를 구걸했다. 봉투 붙이는 일이나 인형 눈 붙이는 일이라도 고맙게 가져갈 판이었다. 그런데 잔금 갚을 날이 코앞에 닥쳐오고 있었다.

마침내 법원에서 등기가 날아왔다. 잔금 1,700만 원을 갚지 않으면 강제 경매처분 하겠다는 통보였다. 땅을 살 때만 해도 경기가 이렇게까지 나빠질 줄은 몰랐다. 80여 명이 부지런히 일해서 갚으면 되리라 믿었다. 그러나 불황은 모든 걸 불가능하게 만들었다. 기껏 지어놓은 집에서 제대로 일도 못 해보고 쫓겨날 상황이었다. 일거리를 찾아 공단을 돌아다니는 한편 교회와 사회단체를 찾아다녔다. 우리들이 먹을 쌀이며 김치는 후원을 많이 받았지만 돈을 빌릴 곳은 없었다. 당장 먹을 끼니거리를 도와주는 것만도 고마운 노릇이었다.

강제 경매처분 날짜가 되었다. 홍 과장이 땀을 뻘뻘 흘리며 법원을 들락거리더니 12월까지 갚기로 하고 경매를 풀었다. 경매가 풀렸다니 천만다행이라고, 어떻게든 12월까지 돈을 마련해서 갚자고 결심을 굳게 했다. 그러나 한 달도 지나지 않아 법원 등기서류가 다시 날아왔다. 잔금을 갚지 않아 2차 경매에 들어간다는 고지서였다.

"아니 12월까지 갚기로 한 거 아니었어?"

"글쎄 말입니다. 분명 그렇게 하기로 한 건데……."

강제 경매를 풀면 모든 게 해결되는 줄만 알았다. 그러나 그게 아니었다. 잔금을 갚을 때까지 계속해서 강제 경매처분이 될 수 있었다. 사방으로 돈을 구하러 뛰어다녔다. 그러나 이미 빚이 산더미 같은데 누가 더 돈을 빌려 주겠는가. 가까스로 상호신용금고에서 1천만 원을 빌려 일부 상환을 하고 경매를 막았다. 하루하루가 살얼음판을 지나는 듯 아슬아슬했다.

불경기의 늪은 무서웠다. 그나마 근근이 이어지던 일감이 완전히 끊어졌다. 교회나 사회단체에서 보내주는 구호물품으로 겨우 끼니를 이어갔는데, 어느 날 그마저 똑 떨어져 밥을 굶게 될까 봐 마음이 불안했다.

"원장님, 우리 일 안 해요?"

"월급도 이젠 없겠네요?"

"우리 모두 집으로 가야 하나요?"

"아냐, 조금만 참아. 다시 일도 하고, 월급도 나올 거야."

말은 그렇게 했지만, 내 속은 바짝바짝 타들어갔다. 이러다 정말 밥도 못 먹이는 상황이 되면 어쩔 것인가. 나는 도대체 무엇을 위해 이 아이들을 데려왔단 말인가. 그 아이들의 눈을 차마 마주볼 수가 없었다.

그런데 그렇게 어려운 시간을 보내면서도 아이들은 에덴하우스를 떠나지 않았다. 싸우거나 화를 내지도 않았다. 서로를 의지하면서 불안감을 달랬다.

땅값을 빌린 은행에서는 계속 대출금을 갚으라고 연락이 왔다. 우리가 갚아야 할 돈은 원금만 1억 8천만 원. 도무지 어떻게 해결해야 할지 아득했다. 하는 수없이 이번에도 신용금고에서 대출을 받아 1억 4천만 원을 갚고 나머지 돈은 상환기일을 늦췄다. 빚을 내서 빚을 갚으니 빚이 더 늘어난 것이다. 도무지 앞이 보이지 않는 날들이었다.

그런 상황에서도 일을 찾는 장애인들은 계속 찾아왔다. 더 이상 사람을 받을 수 없다는 걸 설명할 길이 없었다. 그들에게 에덴하우스는 희망의 불빛이었다. 그들을 내치는 건 희망을 꺾는 것이었다.

함정에 빠진 것 같았다. 장애인도 일을 해서 당당하게 먹고살아야 한다, 일하는 것이 행복하다, 일을 해야 스스로 존엄성을 지킬 수 있다, 방에 파묻혀있지 말고 세상으로 나와라……. 내가 소리 높여 외쳤던 수많은 말들은 공허한 껍데기에 지나지 않았다. 일을 하고 싶어도 일이 없는데 어쩔 것인가.

백화점 봉투를 만들어 붙이고 와이셔츠 상자를 접는 일 등을 하면서 받는 돈은 얼마 되지 않았다. 안 되는 회사일수록 회의를 많이 한다. 그 당시 우리도 그랬다. 날마다 머리를 맞대고 회의를 했다. 무슨 일을 해야 좋을지 의논이 분분했다.

"신발공장을 하면 어떨까요? 전자회로에 납땜하는 실력이면 고무 밑창 붙이는 일도 잘할 거예요."

"그럴듯하네요. 하지만 신발은 이미 완전 자동화된 거 같던데……. 한번 알아보세요. 그리고 임금이 너무 비싸서 동남아나 중국으로 공장을 이전한다는 소문도 있어요. 자칫하다가 막차 타면 우리는 끝장

납니다."

알아보니 정말 그랬다. 신발은 이미 포화상태였고 그나마 있던 공장들도 해외 이전을 서두르고 있었다. 궁리 끝에 액세서리를 만들기도 했다. 장애인들 중에는 가내수공업으로 액세서리를 만드는 경우가 드물지 않았다. 그들에게서 재료를 받아다 구슬을 붙이고 금칠을 해서 남대문시장에 넘겨줬다. 앉아서 하는 일이라 선뜻 시작했지만 의외로 힘들었다. 가느다란 핀에 깨알 같은 유리구슬을 붙이는 일은 전자제품 패널에 부품을 끼우는 것보다 훨씬 더 섬세한 솜씨가 필요했다. 게다가 수익도 변변치 않고 일감도 많지 않았다.

"빵을 만들면 어떨까요? 빵이라면 우리도 얼마든지 만들 수 있을 겁니다. 또 아무리 경제가 어려워도 먹어야 하니까 경기도 잘 타지 않을 거구요."

"빵 만들기가 쉽지 않아요. 밀가루며 설탕이 얼마나 무거운 줄 모르고 하는 말이에요. 오븐에 넣고 빼는 것도 잘못 하면 다치기 쉽고……."

"그것도 못 하면 우리가 할 일이 뭐가 있겠습니까? 일단 우리 주방에서 시도는 해보는 게 좋을 것 같습니다."

"빵은 안 됩니다. 우리가 만들 수는 있겠지만 판로가 문제예요. 장애인이 만든 빵이라고 하면 침이라도 흘렸을까봐 절대로 안 사갈 겁니다. 우리가 잘하는 게 중요한 게 아니라 많이 팔리는 물건을 만드는 게 중요합니다."

잘할 수 있는 게 아니라 잘 팔리는 물건을 만들어야 한다는 말에 다들 입을 다물었다.

"소비자의 입장에서 생각해봅시다. 무엇을 살 건지. 가장 중요한 것은 장애인이 만든 물건이라고 해도 편견이 없는 거라야 해요."

우리는 비장애인이 되어 장애인이 만든 물건을 사는 심정이 되어 생각했다.

"상표가 없는 물건이라야 할 거 같아요. 브랜드라는 건 어차피 이미지니까 우리가 상표를 붙이면 이미지가 안 좋다고 보겠지요."

"세상에 상표 없는 물건이 어디 있어요? 플라스틱 바가지도 상표가 있는데."

"하하, 플라스틱 바가지뿐입니까? 지난번에 우리가 만들었던 백화점 봉투 안에도 상표가 적혀있었어요. 와이셔츠 상자에도 있었고요. 그럼 도대체 우리가 팔 수 있는 물건이 뭐가 있단 말입니까?"

"아, 있어요, 있어!"

우리는 모두 눈을 둥그렇게 떴다.

"비닐봉투를 만들면 됩니다. 시장에 가면 물건을 담아주는 비닐봉투 있잖아요. 거긴 아무런 상표가 없어요. 장애인이 만들었는지 비장애인이 만들었는지 아무도 따지지 않습니다."

"비닐봉투가 얼마나 팔린다고 그걸 만듭니까?"

"그렇지 않아요. 시장엘 한번 나가보세요. 모든 것을 비닐봉투에 담아줍니다. 어디 시장뿐인가요? 백화점에서도 비닐봉투에 넣어주지요. 세상이 온통 비닐봉투 천지에요."

그럴듯한 이야기였다. 우리는 다음날부터 시장이며 백화점을 돌며 비닐봉투가 얼마나 팔리는지를 알아보았다. 가게마다 비닐봉투가 잔뜩 쌓여있었다. 장을 보는 주부들의 손에도 적어도 서너 개씩은 비닐봉투가 들려있었다.

홍 과장이 나서서 비닐봉투를 만드는 공정과 원가를 알아보았다.

"사업은 될 거 같습니다만 초기 투자비용이 너무 많이 들어요."

"어떻게 만들어야 하는데? 몽땅 기계로 작업하는 거라면 우리가 할 이유가 없지."

"비닐을 만드는 원료를 사다가 우리가 직접 만들어야지요. 모든 공정은 기계가 하고요, 우리 식구들은 마무리 공정을 하면 되겠어요."

"기술자가 있어야겠지?"

"그렇지요, 비닐 원료를 사다가 기계에 붓는다고 다 되는 건 아니고 원료를 배합하고 마무리하는 기술이 중요하답니다. 비닐봉지 밑바닥이 후드득 뜯어지는 경우가 있잖아요? 그런 게 불량이라고 하더군요."

비닐봉투를 만든다는 건 임가공을 하는 것과는 차원이 다른 세계였다. 설비투자를 하고 기술자를 영입해서 제품을 만들어 시장에 판다는 것은 본격적인 사업의 세계로 뛰어드는 걸 말한다.

"홍 과장, 내가 잘 팔 수 있을까?"

"원장님이라면 당연히 하실 수 있지요. 지금까지도 원장님이니까 하셨던 것처럼 앞으로도 잘하실 겁니다."

"그런 위로가 다 무슨 소용이야, 지금 이렇게 어렵게 된 것도 다 내 탓인데. 적자가 쌓여도 크게 걱정하지 않았지. 오는 사람을 막지 못해 작업대가 마냥 늘어나도 내가 더 부지런히 뛰면 다 해결된다고 생각했어. 아무 것도 모르고 오만했던 거야. 이렇게 불황이 닥칠 수도 있다는 걸 생각지 못했어."

나는 의기소침해져 있었다. 지금도 빚더미에 앉아있는데 비닐봉투를 만든다고 설비를 들여놓고 판로를 뚫지 못하면 어찌 될지 겁이 났다.

"원장님, 힘내십시오. 지금까지 어렵지 않았던 적이 있었나요? 그래도 다 이겨냈잖아요. 골이 깊으면 봉우리도 높다고 합니다. 이번 위기가 전화위복의 기회가 될지 누가 알겠어요?"

"홍 과장도 허풍이 늘었군. 그것도 다 내 탓일세."

우리는 서로를 위로하면서 새로운 발걸음을 내딛었다. 조심스런 발걸음이었다.

• 해답은 비닐봉투

비닐봉투 만드는 공장에 가보기로 했다. 휠체어를 타고 우르르 공장으로 찾아갔다. 공장장은 공장을 한 바퀴 돌면서 기계며 하는 일에 대해 설명해주었다. 비닐봉투 공장은 생각보다 규모가 훨씬 컸다. 커다란 기계에 밀가루 반죽 같은 원료를 넣으면 얇은 비닐이 되어 나왔다. 거기에 무늬를 넣거나 글자를 인쇄했다. 그것을 적당한 크기로 자르고 뜨거운 열로 봉합했다. 완성된 봉투는 종류별로 나뉘어 포장

됐다.

"이걸 다 자동화 설비로 하는 겁니까?"

나는 가장 궁금한 것을 물어보았다.

"원료를 배합해서 넣는 건 사람이 해야 합니다. 비닐이 봉투가 되기까지는 완전 자동화되어있고요, 종류별로 헤아려서 나누어 담는 것은 자동화할 수도 있고 사람이 할 수도 있습니다."

"마무리 작업하는 데 사람이 많이 필요한가요?"

"설비하기 나름이지요. 저희는 라인당 한 사람이면 족합니다만 원장님 경우엔 좀 더 많이 필요하겠지요."

"원료를 넣고 비닐을 만드는 데 기술자가 꼭 필요합니까? 원료를 사다가 넣기만 하면 되는데요?"

"하하, 보시기엔 그렇게 보이지만 실제론 아주 까다로운 일입니다. 원료를 배합하는 기술이 필요하고요, 같은 원료를 넣는다고 꼭 같은 비닐이 나오는 것도 아니거든요. 비닐봉투에도 품질이란 게 있습니다. 만일 이 사업을 하신다면 반드시 숙련된 기술자를 쓰셔야 합니다. 이 바닥도 경쟁이 심해서 품질이 좋지 않으면 팔기 어렵습니다."

"저희가 기술을 익혀서 하면 안 될까요?"

"공정 중에는 뜨거운 열과 날카로운 칼날이 들어갑니다. 장애인들이 하기엔 위험요소가 많이 있지요. 비장애인 기술자들이라도 종종 사고가 나곤 합니다."

견학을 마치고 돌아오면서 다들 희망에 부풀었다. 밤늦도록 회의가 계속됐다. 비닐봉투만 만들면 수요는 얼마든지 있다고 했다. 문제는 다른 업체에서는 전 공정을 자동화로 하는데 우리는 손작업하는 부분을 남겨두어야 한다는 거였다.

"마지막 공정은 우리들이 얼마든지 할 수 있는 일이었습니다. 우리한테 딱 맞는 일이에요."

"봉투에 손잡이 구멍을 뚫고 장수를 세서 포장하는 일을 몇 사람이 할 수 있을까 생각해 봅시다. 한 라인당 양쪽에 두 사람씩 앉아서 그 일을 하면 적어도 여섯 명은 일할 수 있습니다."

"아니 비닐봉투 나오는 속도가 빠르니까 그 속도를 맞추려면 적어도 열 명은 일할 수 있어요."

"포장해서 운반하는 인력이 있어야 하니까 라인 다섯 개 정도면 우리 모두 일할 수 있겠네요."

"요즘 같은 자동화시대에 우리가 모두 일할 수 있는 작업은 찾기 힘듭니다. 비닐봉투 만드는 일에 대찬성입니다."

"저도요, 저도 찬성입니다."

분위기는 화기애애했다. 회의가 끝나고 모두 나가고 난 뒤, 나는 잠을 이루지 못했다. 전자부품 임가공은 시설비가 별로 들지 않는다. 합판으로 짠 작업대와 형광등, 간단한 공구와 테스트기 몇 개면 얼마든지 일할 수 있었다. 그러나 비닐봉투 제조는 시설비가 많이 들어가는 사업이었다. 만일 물건이 팔리지 않아 기계들을 세워놓는다면 상상도 할 수 없는 일이 닥칠 거였다. 너무 엄청난 일을 벌이는 게 아닌가 겁이 났다.

그래도 우리 식구들이 모두 일할 수 있다는 데 자꾸 마음이 끌렸다.

뒤집어 생각하면, 우리 모두가 일할 수 있는 말은 곧 생산성이 떨어진다는 이야기와 같다. 인건비를 줄이고 자동화된 공장에서 내는 수익을 우리가 낼 수 있을까. 아니 그렇게 많은 수익은 바라지도 않았다. 우리 식구들이 밥을 먹고 약간의 급여를 나눠 가질 수만 있다면 얼마나 좋을까.

"자, 결정했습니다. 비닐봉투 만드는 사업을 시작합시다."

이튿날 아침 회의시간에 나는 선언을 해버렸다. 새로운 일에 대한 기대로 에덴하우스는 활기가 넘쳤다. 홍 국장은 기계를 구입하기 위해 동분서주했다. 홍 국장이 전해주는 소식은 그리 달갑지 않았다.

"원장님, 압출기 한 대 값이 3천만 원이 넘는답니다."

압출기는 비닐 원료에서 비닐을 빼내는 기계다. 기계가 덩치도 크고 구조도 복잡해서 가격이 상당할거라고 짐작은 했지만 그렇게나 비쌀 줄은 몰랐다. 말만 들어도 가슴이 철렁 내려앉았다.

"그거 말고 좀 싼 기계는 없어?"

"안 그래도 다른 기계를 소개해달라고 했습니다."

돈을 마련하지 못해 망설이는 틈에 시간이 석 달이나 지나버렸다. 일감이 떨어진 작업장은 불이 꺼지고 작업대엔 녹이 슬었다. 손을 놓고 놀고 있는 아이들의 표정에도 생기가 사라졌다. 잠 못 자는 날들이 계속되었다.

다행히 공장을 정리하는 곳에서 재래식 기계를 싸게 판다는 이야기가 들렸다. 단숨에 찾아갔다. 첫눈에 보기에도 구조가 간단한 게 초라했다. 그런데 다행스럽게도 원단 생산과 가공기 일습이 갖추어져 돈을 절약할 수 있었다. 은행에서 대출을 받고 모자라는 돈은 여기저기에서 빚을 얻었다. 마침내 1989년 12월, 압출성형기 두 대와 인쇄기 두 대, 가공기 다섯 대가 들어왔다. 축사를 개조한 개봉동 작업장이 거대한 기계들로 꽉 들어찼다.

　기계를 돌리려면 숙련된 기술자가 필요했다. 분야별로 기술자를 초빙했다. 우리로서는 꿈도 꾸지 못하는 급여를 주기로 약속했다. 압출기의 버튼을 누르고 시범생산을 시작했다. 윙 하는 소리를 내며 기계가 돌아갔다. 기술자가 원료를 집어넣었다. 잠시 후 압출기로 비닐원단이 쏟아져 나왔다. 그런데 뭔가 이상했다. 비닐원단이 다림질한 천처럼 일정한 크기로 반듯하게 접혀야 하는데 한쪽으로 쏠리거나 줄이 가면서 매끄럽지 못했다.

　"왜 원단이 깔끔하게 나오질 않는 거요?"

　"아무래도 기계가 너무 낡은 거 같습니다."

　"기계 탓하지 말고 잘 좀 해봐요. 이것도 얼마나 비싸게 산 건데……."

　기술자는 땀을 뻘뻘 흘리며 같은 공정을 되풀이했다. 그래도 결과는 시원치 않았다. 인쇄공정도 마찬가지로 불만스러웠다. 더 큰 문제는 봉투를 마무리하는 작업이었다. 비닐봉투의 끝을 매끄럽게 봉합해야 하는데 도무지 잘 되질 않았다. 높은 온도의 전기히터로 순간적으로 지져서 봉합을 하는 작업인데 기술자가 영 서툴렀다. 엄청나게 비싼 임금 때문에 1급 기술자를 부르지 못한 까닭이었다. 게다가 기계조차 노후해서 성능이 떨어졌다. 시운전을 시작했지만 모든 게 어설펐다. 기계를 돌리는 시간보다 수리하는 시간이 더 걸렸다. 그때마다 사야 하는 부속품 값도 만만치 않았다. 속이 바짝바짝 타들어갔다.

시운전을 하는 동안 나는 직원들과 함께 작업배치를 하기 위해 머리를 맞댔다. 공정 중에서 사람의 손으로 할 수 있는 일들을 구분하고, 장애인들이 할 수 있도록 일을 세분화해서 열다섯 개의 공정으로 나눴다.

비닐원단을 만들고 인쇄 작업을 한 뒤 주문에 맞춰 비닐을 자르고 붙이는 가공과정을 거쳐서 포장을 하고 납품을 하는 공정도를 그려놓고 사람들의 이름을 넣었다 뺐다 하면서 작업배치를 짰다. 장애의 정도와 장애의 종류에 따라 작업을 구분해줘야 했다. 의학적인 장애등급과 직업적 장애는 다르다. 또 같은 등급의 장애라고 해도 실제 작업을 하는 데는 차이가 있다. 이 모든 것을 다 고려해서 작업을 나누기가 쉽지는 않았다.

원료를 창고에 쌓는 일은 비장애인이 맡았다. 원료가 워낙 무거워서 장애인들로선 불가항력이었다. 원료를 개봉해서 배합하는 일은 지적장애인과 비장애인이 팀을 이뤄서 일하도록 했다. 일을 익히는 데는 시간이 오래 걸리지만 몸이 건강하니 비장애인이 잘 이끌어주면 얼마든지 가능했다. 원단을 만들고 장비를 가동하는 일도 비장애인과 지적장애인이 팀을 만들어 운영했다. 장비를 작동하는 일은 비장애인이 맡되 반드시 장애인과 함께 하도록 했다. 압출기를 빠져나온 비닐원단은 거대한 두루마리 화장지처럼 말려있다. 원단뭉치는 상당히 무겁지만 비장애인과 지적장애인이 팀을 이룬다면 얼마든지 옮길 수 있었다.

비닐원단에 인쇄 작업을 하는 일은 지적장애인과 지체장애인 모두가 참여하도록 배치했다. 인쇄기술을 가진 비장애인 근로자와 경증의 지체장애인, 그리고 지적장애인으로 된 팀을 2개조를 만들어서 배치했다. 이 작업을 위해 증상이 가벼운 지체장애인들을 뽑아 직업적응 훈련을 시켰다. 처음 해보는 일이라 힘들었지만 6개월 정도가 지나가 차츰 인쇄 기술자가 되어갔다.

인쇄된 원단이 컨베이어 벨트를 타고 내려오면 그때부터 사람의 작업이 본격적으로 시작됐다. 가공작업에 참여하는 비장애인 근로자는 단 두 명에 불과했다. 75명의 장애인 근로자가 나머지 공정을 모두 맡았다. 비닐원단을 알맞은 크기로 잘라 손잡이를 만들고, 장수를 헤아려 스티커를 붙여 포장하는 일까지 장애인들이 도맡아서 해냈다.

이들은 모두 중증, 중복 장애인들이었다. 사회에서는 모두 '쓸모없는 사람'들이었다. 그러나 비닐봉투를 만드는 공장에서 모두 '훌륭한 작업자'이며 '쓸모 있는 사람'이 되었다.

완성된 제품을 차에 싣고 배송하는 데도 장애인이 참여했다. 말을 못 하고 숫자를 세지 못하는 지적장애를 가졌지만 물건을 싣고 인수 인계하는 데는 아무 문제가 없었다. 오히려 비장애인들보다 더 꼼꼼하고 정확했다. 남을 속이고 물건을 빼돌리는 일도 없으니 신뢰 100퍼센트였다.

이렇게 작업배치를 하자 사람들 모두가 일을 갖게 됐다. 비닐봉투 생산 공정의 90퍼센트를 장애인 근로자들이 해냈다. 이보다 더 기쁘고 자랑스러운 일이 있을까. 누가 우리를 향해 '장애인이라 아무것도 못 한다'고 할 건가? 공장이 돌아가고 장애인과 비장애인이 손발을 맞춰 비닐봉투가 생산되는 걸 보면서 내 마음은 덩실덩실 춤을 추고 있었다.

그러나 현실은 녹록치 않았다. 열흘이 넘는 시운전 끝에 가까스로 첫 제품이 나왔다. 시장에서 사용하는 일반 비닐봉투였다. 완성된 제품을 트럭에 싣고 나갔다. 얼마나 팔고 돌아올지, 직원들이 돌아올 때까지 가슴이 두근거렸다. 얼마 지나지 않아 직원들은 물건을 그대로 싣고 들어왔다.

"어떻게 된 거야? 하나도 팔지 못한 거야?"

"문제가 심각합니다." 하고 홍 국장이 한숨을 쉬었다.

"우리 단가로는 한 장도 팔 수 없습니다. 우리 제작원가가 890원인데, 시장에서는 750원에 팔고 있었습니다. 게다가 품질도 시장 제품이 월등히 좋으니 어디 내놓을 데가 없었습니다."

"원가가 그렇게 차이 난단 말이야?"

"우리는 손작업이 많은데 다른 제품은 모두 자동화를 시켰으니까요."

원생들이 모두 작업할 수 있는 공정이라고 좋아하던 날의 고민이 그대로 현실이 되었다. 사람들한테 들어가는 인건비가 원가부담으로 남았다. 우리로선 더 이상 줄일 도리가 없는데 문제는 시장에서 다른 제품과 경쟁해야 한다는 것이었다. 같은 제품을 누가 더 많은 돈을 주고 사겠는가. 나부터도 그런 물건을 사지 않을 터였다.

"워낙 경쟁이 치열하다 보니 생산원가 줄이기에 목숨을 거는 모양입니다. 너나없이 완전자동화로 갈 수밖에 없는 구조예요."

"우리가 전혀 예상을 못 했던 것도 아니고, 그렇다고 손작업을 줄일 수도 없잖은가? 원가 줄이자고 손작업을 줄이면 우리가 이 사업을 하는 이유가 없어지네. 우리는 돈을 벌기 위해 사업을 하는 게 아니라 에덴 식구들에게 일자리를 주기 위해 사업하는 거라는 걸 절대로 잊지 말게. 그걸 잊어버리면 우리는 끝이야. 우리가 돈을 먼저 생각하는 순간 그동안 우리가 해왔던 일이 모두 허사가 되고 마네. 막말로 불쌍한 장애인들 데려다 일 시켜먹은 것밖에 더 되겠나?"

홍 국장은 아무 말이 없었다.

"일단 시장에 나가는 제품은 포기하고 다른 판로를 뚫어보자고. 우리가 만들어 내다 파는 게 불가능하다면 주문생산을 하면 되지 않겠나? 본래 임가공을 하던 사람들이니 비닐봉투도 주문제작으로 돌려보기로 하지."

"주문제작은 수익이 많지 않아 그것만 하면 힘들어집니다. 오늘 내간 제품이 경쟁력이 없으니 대형봉투 위주로 팔아보지요. 우리 봉합기술이 떨어지니까 봉투가 작을수록 불리할 거 같습니다."

"산 넘어 산이라더니 우리를 두고 한 말인 거 같군. 그래도 어쩌겠나? 또 발버둥 쳐봐야지."

"그럼요, 지금까지도 버텨왔는데 뭘 못 하겠어요?"

말은 그렇게 했지만 홍 국장의 얼굴엔 수심이 가득 찼다. 겁도 없이 이렇게 큰 사업을 벌여놓았으니 그나 나나 잠을 못 자기는 매한가지였다.

　홍 국장과 나는 비닐봉투를 주문받기 위해 나섰다. 우리가 만든 비닐봉투를 갖고 온갖 데를 다 찾아다녔다. 큰 빌딩은 엘리베이터가 있어서 다행이었지만 작은 건물에서는 여전히 내 휠체어를 들어 올려야 했다. 사무실로 휠체어를 밀고 들어가면 다들 눈을 둥그렇게 떴다. 그렇게 나의 휠체어에 정신이 팔려있을 때, 나는 비닐봉투를 내놓고 일을 맡겨달라고 호소했다. 지하철에서 물건을 파는 행상과 다름없는 날들이었다.

　다행히 첫 주문이 들어왔다. 일간지 회사였다. 비가 올 때 신문을

장애인이 만들었는지 비장애인이 만들었는지 아무도 따지고 차별하지 않을 상품을 찾던 우리는 비닐봉투에서 해답을 찾았다. 그리고 공정 중에서 사람의 손으로 할 수 있는 것은 최대한 살렸다.

넣어주는 길쭉한 비닐봉투를 만들어 달라고 했다. 작업량은 많지 않았지만 첫 주문을 받았다는 데 의의가 컸다. 대형봉투 전략도 맞아떨어졌다. 수요가 많지 않으니 만드는 곳이 드물어 중소형 비닐봉투만큼 원가 싸움이 치열하지 않았다.

다른 직원들도 주문을 받기 위해 백방으로 뛰어다녔다. 작은 주문이 하나 둘 들어오면서 기계가 바쁘게 돌기 시작했다. 두어 달 시간이 지나자 기술자들 월급을 주고 우리 식구들이 밥을 먹고도 얼마간의 급여를 지급할 수 있을 정도가 되었다. 그렇다고 수익이 난 것은 아니었다. 살림은 여전히 적자를 면치 못했다.

• 휠체어 탄 영업사원

영업 때문에 장애인용 자동차도 마련했다. 오토바이처럼 등만 확실히 받쳐준다면 못 탈 게 없었다. 다만 문제는 커브를 돌 때 허리에 힘이 없으니 한쪽으로 쏠려 몸이 옆으로 기우는 건데, 그때마다 옆에 앉은 누군가가 허리를 받쳐 세워줘야 한다. 처음 운전 연습을 할 때 아내는 걱정스러운 듯 말했다.

"절대로 혼자 자동차 타지 마세요. 커브 돌다가 큰일 나겠어요."

"혼자 타지 말라고? 당신 지금 농담이 심한 거 아니요?"

내가 크게 웃었다. 나는 자동차를 혼자 탈 일이 절대로 없다. 자동차를 타기 위해선 누군가 내 겨드랑이에 팔을 끼워 일으켜 세워야 하고,

맥없이 건들거리는 다리로 가까스로 땅을 딛어야만 차 안으로 들어갈 수 있다. 엉덩이를 의자에 앉히는 순간 덜렁거리는 다리를 들어 자동차 안으로 넣어주고 허리를 당겨 의자 등받이에 바짝 붙여줘야 한다. 그래야만 내가 팔을 들어 올려 핸들을 잡고 붕붕 달릴 수 있다. 이 복잡한 과정을 모두 없애고 나 혼자 자동차를 탄다면 얼마나 좋을까.

비닐봉투의 품질이 나날이 좋아졌다. 시운전을 할 때는 그리도 애를 먹이더니 기계가 돌아가는 시간이 늘어나면서 점점 더 매끄럽고 반듯한 물건이 나왔다. 인쇄 기술도 향상되었다. 사업주가 주문한 대로 로고며 문양이 깨끗하게 찍혀 나오기 시작했다. 우리는 주문제작을 하는 한편 시장이나 백화점으로 비닐봉투 판매에 적극 나서기 시작했다. 직접판매가 주문제작보다는 한 푼이라도 더 받을 수 있기 때문이었다.

비닐봉투 사업은 영업력이 최우선이었다. 전자제품 임가공을 할 때와는 비교도 할 수 없을 정도로 영업을 하느라 바빴다. 시장으로 백화점으로 비닐봉투를 쓰는 곳이면 어디든지 달려갔다. 우리 물건을 써 달라고 매달리는 것도 힘들었지만 가격을 협상하기는 더 힘들었다. 우리 상품이 얼마짜리라는 생각은 애초에 접었다. 얼마에 우리 물건을 사줄 건지를 눈치 빠르게 알아채야만 우리 물건을 팔 수 있었다.

삼발이 오토바이를 타고 수입상품 행상을 했던 나는 영업에 자신이 있었다. 비닐봉투가 든 박스를 싣고 직접 팔러 나섰다. 자동차가 갈 수 없는 데는 휠체어를 밀고 가고, 그것도 힘들면 업혀서라도 갔다.

영업을 다니다가 힘이 들어 경련이 나는 일은 흔하디흔했다. 손이 덜덜 떨리고 몸뚱이가 나무토막처럼 딱딱하게 굳으며 견디기 힘든 통증이 찾아왔다. 그럴 때면 동행한 식구들이 온몸을 주물러주며 내 몸을 달랬다. 경련이 가라앉으면 또다시 영업을 나섰다.

유난히 추운 겨울날이었다. 간밤에 내린 눈이 쌓여 도로는 얼음판처럼 번질거렸다. 지방에서 수주를 받기 위해 아침 일찍 길을 나섰지만 차들이 벌벌 기는 덕분에 시간이 늦어버렸다. 나 혼자라면 목적지까지 내쳐 달리겠지만 같이 가는 식구들은 점심을 먹어야 했다. 나는 한적한 도로변에 차를 세웠다.

"어서들 가서 밥 먹고 와."

"원장님 혼자 계시게요?"

"찹쌀떡이랑 물만 주고 가면 되니 걱정들 말고 먹고 와."

"원장님 추우실텐데…… 히터는 끄고 의자에 열선만 켜고 계세요."

"알았어, 시동을 아주 꺼버리진 않을게."

무릎 위에 간이테이블을 올리고 찹쌀떡과 빨대 꽂은 물병을 놓아주고 식구들은 근처 식당으로 갔다. 안간힘을 쓰면 내 팔은 입 언저리까지는 어찌어찌 올라간다. 나는 천천히 찹쌀떡을 먹었다. 스스로 걷지 못하고 밥도 혼자 못 먹으니 식당에 가는 게 예삿일이 아니다. 특별한 약속이 아니면 나는 바깥에서 식당엘 가지 않는다. 그 대신 빵이나 떡 같은 걸 갖고 다니면서 끼니를 때운다.

자동차 히터를 끄니 금방 찬바람이 쌩 돌았다. 뜨거운 국물 생각이 간절했다. 컵라면을 먹을 걸 그랬나, 잠시 후회가 됐다. 그러나 떡과

달리 뜨거운 국물이 담긴 컵라면은 누군가 옆에서 도와줘야 먹을 수 있다. 에고, 내가 국가대표 선수 정덕환 맞나? 혼잣말을 하며 웃었다.

추위 때문인지 거리엔 지나가는 사람도 보이지 않았다. 어떻게든 물량을 더 따내서 올 겨울엔 연탄불 좀 뜨뜻하게 피워야지, 하는 생각이 들었다. 언제쯤이나 뜨거운 물 나오는 샤워장을 만들 수 있을지 아득했다. 이런저런 생각을 하며 찹쌀떡을 두 개째 먹고 있는데 이상한 냄새가 나기 시작했다. 뭔가 타는 듯 누린내가 났다.

밖에서 뭐가 타나? 창밖을 두리번거렸다. 도로는 지나다니는 차도 없이 썰렁하기만 했다. 냄새가 점점 더 심해졌다. 뭔가 차 안에서 타고 있는 게 확실했다. 나는 먹던 찹쌀떡을 내려놓고 어쩔 줄 몰라 허둥댔다. 그러나 이 모든 게 마음뿐, 내 몸은 자동차 의자에 붙박인 듯 꼼짝도 하지 못했다.

서둘러 점심을 먹은 식구들이 자동차로 와 문을 열더니 비명을 질렀다.

"이게 뭐야? 원장님, 큰일 났어요!"

"이걸 어쩌면 좋아? 빨리 원장님을 들어요. 어서 듭시다."

무슨 일인가 물을 새도 없이 내 몸이 번쩍 들리더니 보도블록 위로 내려졌다.

"휠체어를 빨리 꺼내요."

"엉덩이가 탔는데 휠체어에 어떻게 앉으시라고요?"

"그럼 어떡해요? 거리에 누워계실 수도 없고."

"공중전화 찾아서 병원에 전화부터 걸어요. 아니면 식당으로 뛰어가서 빌려 쓰든지."

식구들이 우왕좌왕하는 동안 나는 길 위에 모로 눕혀져 있었다. 운전석에 앉아있던 모양새 그대로 다리를 기역자로 구부린 채. "도대체 무슨 일이 난 거야?" 하고 내가 물었다.

"자동차 시트에 있는 열선이 타서 원장님 엉덩이가 불에 탔어요. 원장님은 그것도 모르고 참⋯⋯."

"그래서 타는 냄새가 났구나, 나는 어디 불이 났나 하고 두리번거렸지."

"냄새가 그렇게 심하게 났는데 전혀 모르셨어요?"

"모르지, 내 살이 타도 아픈 줄도 몰라."

"얼마나 뜨거웠을 텐데 그걸 모르세요?"

"모르니 살지, 알면 어떻게 살겠냐? 모르는 게 약이야. 온종일 휠체어에 앉아 사는데 엉덩이가 아프다고 하면 내가 못 살지. 무던한 엉덩이 덕분에 내가 이렇게 살아있는 거야."

경추가 부러지면서 중추신경에 손상을 입혔기 때문에 나는 목 아래로 감각이 없다. 엉덩이 화상은 2주일 동안 입원하여 치료를 받고서야 겨우 새살이 돋았다.

• 적자를 메우는 법

에덴의 살림은 시작하는 날부터 내내 적자를 면치 못했다. 윗돌 빼서 아랫돌 고이고 아랫돌 빼서 윗돌 고인다는 게 바로 우리의 살림살 이였다.

전화기의 패널을 만들며 우리가 한창 잘 나간다고 생각하던 시절 의 이야기다. 유엔 아시아태평양 경제사회위원회(UN ESCAP) 사무 총장으로 남태평양의 솔로몬제도에 있던 매형이 한국에 온 길에 에덴 을 들른 적이 있다. 작업장을 돌아보는 매형에게 우리가 외국에 수출 하는 전화기를 만들고 있으며 품질이 좋아 거래처로부터 칭찬도 받았 다고 자랑을 하였다. 매형은 고개를 끄덕거리더니 "장부 좀 가져와 보 게." 하였다. 나는 수입과 지출 내역이 빼곡히 적힌 스프링 노트를 보 여주었다.

"내가 명색이 경제학 박사니 이런 거나 좀 봐줘야지." 하며 장부를 들여다보던 매형의 얼굴이 어두워졌다.

"수입이 300만 원인데 지출이 500만 원이면 다달이 적자가 200만 원이란 건데 언제까지 이렇게 꾸려나갈 수 있겠나?"

"그 밑 가외수입란에 교회라고 적혀 있잖습니까? 그걸로 메꿔나가 고 있어요."

"정기적으로 지원해주는 교회가 있나?"

"그게 아니라 제가 간증을 다니면서 사례금을 받아서 메꾸고 있습 니다."

"그 아래 은인이라고 적힌 건 또 뭔가?"

"사무실에서 일하는 대성이가 다니던 교회에서 전도사님이랑 권사 님들이 김장김치랑 쌀을 보내줘요. 제가 다니는 교회에서도 쌀 같은 걸 많이 보내주고요."

매형이 한숨을 내쉬었다.

"적자란 눈덩이가 불어나듯 무섭게 쌓이는 거야. 수입이 적으면 지출을 줄여야지. 집세랑 식비는 줄일 수 없으니 사람들 급여를 낮추든가……. 안 그런가?"

"그건 안 됩니다. 지금도 말이 급여지 용돈에 불과한 돈을 어떻게 더 줄이겠어요?"

"여기 식구들도 이런 사정을 다 알고 있나?"

"어려운 줄은 알겠지만 자세한 속사정은 잘 모르지요. 아무리 그래도 급여는 절대로 건드리면 안 돼요. 아이들의 사는 보람이고 희망인 걸 뻔히 알면서 그걸 더 줄일 수는 없어요. 급여날짜도 어길 수 없고요. 한 달이 어찌나 빨리 돌아오는지 날짜 가는 게 무서울 지경이에요."

"아무리 뜻도 좋지만 수입과 지출을 맞추지 않는 한 얼마 지나지 않아 큰 어려움을 겪게 될 거야."

매형은 크게 걱정을 하며 떠났다. 매형의 말대로 수입보다 지출이 더 많은 우리의 살림은 나날이 빚을 더 크게 늘려갔다. 그러니 크고 작은 빚을 갚는 게 보통 어렵지 않았다.

비닐봉투를 제작하면서 새로운 사람들이 많이 들어왔다. 지금껏 경리를 보고 있는 황정희도 그 무렵 들어왔다. 황정희는 본래 자기 동생을 취직시키려고 에덴을 찾아왔었다. 남동생은 지체장애인이었다. 면접을 해보니 한쪽 손이 영 불편했다. 비닐봉투는 두 손을 다 써야 할 수 있는 일이라 함께 일하기는 곤란했다. 실망해서 돌아가던 그녀의 눈에 '여직원 구합니다'라고 써 붙인 광고가 띄었다. 황정희는 동생을 데리고 다시 사무실로 들어왔다.

"저요, 저를 여직원으로 써주시면 안 돼요?"

유난히 흰 얼굴 때문에 사무실이 다 환해지는 느낌이었다.

"경리 볼 줄 아십니까?"

사무실 직원이 물었다.

"아니요, 할 줄 모르는데요. 가르쳐 주시면 안 되나요?"

하하하, 사무실 사람들이 다 웃었다. 웃음을 준 덕분에 그녀는 그날로 채용이 되었다. 누나 덕분에 남동생도 같이 일을 하게 되었다. 작업이 불가능했던 동생도 여러 달의 적응훈련을 거쳐서 일을 시작했다. 한손으로 일을 하려니 속도도 느리고 서툴렀지만 단순작업을 반복하면서 차츰 숙련된 기술자가 되었다. 남들이 두 손으로 하는 일을 보란 듯이 한 손으로 해냈다.

인수인계를 하면서 경리를 처음 배웠지만 눈썰미 있는 정희는 금방 일을 썩 잘했다. 일을 시작하고 한 달 만에 10만 원을 급여라고 주었다. 그녀가 놀라서 눈을 크게 떴다. 우리는 모두 급여가 너무 적어 그런 줄 알았다. 그런데 정희는 뜻밖의 말을 했다.

"이게 뭐예요?"

"왜 그래? 너무 적어 섭섭한가?"

"아뇨, 왜 돈을 주시는 거지 몰라서요."

왜 돈을 주는지 모른다니. 어안이 벙벙한 것은 우리들이었다.

"이거 봉사하는 거 아니에요? 저는 무료로 봉사하는 건줄 알았는데……."

그제야 사정을 알게 된 홍 국장이 말했다.

"봉사 맞아요, 봉사니까 이것밖에 못 주지. 앞으로도 많이 봉사해주세요."

그렇게 순진했던 그녀가 우리와 함께 일하며 돈을 입에 달고 다니게 됐다. 시쳇말로 돈돈거리는 황정희가 되어버린 것이다.

"원장님, 오늘까지 전기세 내야 하는데요?"

"홍 국장한테 물어봐."

"국장님은 원장님한테 여쭤보라던데요?"

"내가 그런 걸 어떻게 알아?"

그럼 정희는 두 말도 않고 밖으로 나가 전기세를 해결했다. 어떻게 처리했냐고 물으면, "친구한테 빌려서 냈어요. 원장님이 갚아주셔야 해요." 하면서 웃었다.

비닐봉투를 만들면서 사정이 좋아졌다고는 하나 적자는 여전했다. 기계를 들여오느라 빌린 돈이며 기술자들의 인건비, 사람들 급여 등을 제하고 나면 늘 돈이 모자랐다. 그런데도 국민연금이며 의료보험, 각종 세금 등등 지불해야 할 것들은 하루도 쉼이 없었다. 그런 것들을 내게 말해 봐도 소용이 없다는 걸 알게 되자 황정희는 모든 걸 자기가 알아서 처리했다.

"이걸 또 어디서 빌리지?"

정희의 하루는 돈을 어디서 빌릴까를 고민하는 것으로 시작됐다.

친구한테 빌릴지, 카드로 현금서비스를 받을지를 고민하다가 어떻게든 돈을 빌려 급한 불을 껐다. 융자금이나 임금 같이 큰돈은 나와 홍 국장이 처리를 했지만 그녀 덕분에 자잘한 돈 걱정은 하지 않아도 되었다.

"황정희 씨는 어디서 그렇게 돈을 빌려요? 재주가 진짜 대단해." 하고 직원들이 감탄하면, "저는 그냥 당당하게 말해요. 나 지금 급한데 얼마만 빌려줘, 라고요." 했다.

"아니 돈을 빌리는데 어떻게 당당하게 말한다는 거야?"

"내 배 부르자고 빌리는 돈이 아니라 당당해요. 내가 하는 일이 장애인들 인갑답게 사는 데 조금이라도 도움이 된다 생각하니 당당하고요."

정희의 말을 들으면서 나는 많이 놀랐다. 내 배 부르자고 하는 일이 아니라 당당할 수 있다는 것, 그것은 오랜 세월 내가 버텨온 힘이기도 했다. 길바닥에 내몰리고 빚쟁이한테 멱살을 잡혀도 그 힘 때문에 다시 일어설 수 있었다. 그녀는 어린 나이에 어떻게 알았을까.

황정희도 나와 함께 비닐봉투 수주를 위해 발바닥이 부르트도록 돌아다녔다. 그리고 밤 한두 시까지 경리장부를 정리하고 사무실 소파에서 자곤 했다. 그런 생활을 하면서도 한 번도 찡그리거나 화를 내지 않았다.

그러나 적자가 쌓이면서 빚이 눈덩이처럼 불어나는 상황은 누구도 도와줄 수 없었다. 매달 나가는 월세만 없으면 세상 근심이 다 사라질 줄 알았는데 막상 집을 짓고 나니 그로 인한 빚이 더 무거웠다. 비닐봉투를 팔아 기껏 돈을 벌면 은행 이자부터 쑥쑥 빠져나갔다. 게다가 품질이 좋은 비닐 제품을 생산하려니 임금이 비싼 비장애인 기술자를 써야 하고 낡은 기계 설비를 정비하는 데도 정기적으로 돈이 들었다. 그러니 찬물밖엔 나오지 않는 욕실도 고칠 수 없고 새우잠을 자는 숙소도 넓힐 수 없었다.

기술자를 부리는 것도 쉽지 않았다. 그날은 압출기사가 예고도 없이 갑자기 사표를 내버렸다. 다음 사람을 구할 새도 없이 그만두면 기계를 돌릴 수 없으니 큰일이었다. 영업에서 밤늦게 돌아오니 다들 퇴근하고 황정희만 남아있었다. 제발 다음 기사를 구할 때까지라도 나와 달라고 말하려고 압출기사의 집으로 전화를 했으나 받지 않았다. 이대로 날이 밝으면 기계가 멈춰 설 수밖에 없었다. 하는 수 없이 압출기사의 집을 수소문해 정희만 데리고 달려갔다. 기사의 집은 경기도 화성에 있었다.

늦은 밤인데다가, 화성은 서울처럼 가로등이 많지 않으니 더욱 깜깜했다. 집 근처까지는 운전을 해서 잘 갔는데 차가 들어갈 수 없는 골목이 있었다. 내가 내려서 뚜벅뚜벅 걸어가면 오죽 좋을까마는, 정희만 보내놓고 운전석에 앉아있었다. 어두컴컴한 골목은 텅 빈 채 아무도 없었다. 정희가 골목으로 사라지고 난 뒤 덩치 좋은 사내 서너 명이 자동차 주변으로 몰려왔다. 그들은 아무 말도 없이 내 차를 빙 둘러섰다. 그중 한 사내가 다가와 유리창을 툭툭 건드렸다. 온몸에 소름이 돋는 기분이었다. 그들 눈에는 내가 전신마비장애인인 게 보이지 않을 터였다. 갑자기 문이라도 열고 나를 잡아 끌어내리면 고스란히 당할 수밖에 없는 상황이었다. 그러나 그보다 더 무서운 건 정희가 나타날 때가 되었다는 거였다. 아무 것도 모르는 그녀가 자동차로 다가오다가 행패라도 당하면 어쩌나 싶어 애간장이 녹아들었다.

사내들은 저희들끼리 떠들어대며 자동차 주위를 빙빙 돌았다. 한 녀석은 자동차 번호판을 발로 걷어찼다. 서울이라 적힌 번호판을 보았으니, 멀리서 온 줄 알고 더 만만하게 생각하는 모양이었다. 그때 갑자기 정희의 목소리가 들렸다.

"원장님! 지금 기사님이랑 다들 나오고 있어요!"

그녀의 고함소리에 사내들이 슬금슬금 사라져갔다. 잠시 후 골목에서 그녀가 나타났다. 재빨리 자동차에 올라탄 그녀가 한숨을 내쉬었다.

"원장님, 빨리 가요."

"노 기사가 나온다면서 그냥 가라고?"

"나오긴 누가 나와요? 그놈들 쫓아 보내느라 거짓말한 거예요. 어서 빨리 여길 빠져나가요."

서둘러 큰길로 차를 몰아 나왔다. 무척이나 긴장했는지 곧 다리에 쥐가 나 터질 듯이 아팠다. 별수 없이 큰길에 차를 세우고 한참동안 다리를 주물렀다.

"기사는 만나봤어?"

"그럼요."

"뭐라고 그래?"

"여기까지 뭐 하러 왔느냐고요. 원장님 정성을 봐서 내일은 일단 출근한대요. 하지만 월급이 너무 적어 오래 일하긴 힘들 거래요. 자기도 먹고살아야 하니 사정을 봐달라고 했어요."

전자제품 임가공을 할 때는 우리만 열심히 하면 됐다. 그러나 비닐봉투 생산은 숙련된 기술자를 고용하고 관리하는 게 중요해졌다. 기술이 뛰어날수록 많은 임금을 줘야 하는데 그럴만한 여유가 없으니 기술자들이 들락날락하면서 애를 태웠다.

서울로 돌아오는 길에도 경련이 일어 몇 번이나 차를 멈췄다. 통증이 시작되면 아무 도리가 없다. 통증을 견디며 통증이 어서 빨리 지나가주길 기다릴 뿐이다.

"원장님, 왜 사서 고생을 하세요? 작업장 말고 그냥 수용시설을 하세요. 그럼 장애인당 얼마씩 돈 나오는데 왜 이 고생을 하세요?"

정희가 평소의 그녀답지 않은 말을 했다.

"너는 네 동생이 국가에서 주는 보조금으로 밥만 먹고 아무 일도 안하면서 지내면 좋겠냐? 평생 수용시설에서 살면 좋겠어?"

"아니요, 그렇진 않지요. 제 동생도 그렇게는 살기 싫대요. 그래서 동생을 데리고 에덴하우스를 찾아온 거잖아요."

"그런데 왜 그런 말을 해?"

"속상해서요. 그냥 막 속이 상해요."

"이 정도로 뭘 그래? 힘들어도 하하 웃어야 황정희지." 하며 내가 먼저 하하 웃었다. 그러자 황정희도 따라서 하하 웃었다. 그러지 않으면 너무 힘든 하루가 될 것 같아, 올라오는 차 안에서 우리는 자꾸 웃었다.

• 나라 힘을 빌려보게

비닐봉투 생산이 늘어나면서 축사를 대충 개조한 작업장은 말할 수 없이 비좁아졌다. 우리 식구들이 모여서 마무리를 하는 작업대도 너무 짧아 장수를 헤아려서 묶음을 만들어 포장하기가 어려웠다. 나는 작업장을 넓히기로 마음먹었다. 구청에 알아본 결과 다행히 집을 지을 수 있다고 했다.

살고 있는 집을 다시 지으려 하니 당장 식구들 살 곳이 문제였다. 살림살이를 빼내고 이사를 가야 하는데 그럴만한 돈도 없거니와 장애인 공동체한테 집을 빌려줄 곳도 없었다. 어쩌면 좋을지를 몰라 애를 태우다가 또 구청을 찾아갔다. 휠체어를 타고 우리 식구들을 대동하고 구청장실로 올라갔다. 개봉동에 처음 들어올 당시 도움을 준 부구청장이 구청장이 되어있었다.

사정 이야기를 듣고 난 구청장은 대뜸 아무 걱정도 하지 말라고 했다.

"급한 대로 복개천에 천막을 쳐드리겠습니다. 불편하시겠지만 공사하는 동안 천막에서 기거하십시오."

남부순환도로가 지나가는 오류인터체인지 옆에 복개천이 있다. 며칠 뒤 그 복개천 위로 하얀 천막집이 길게 늘어섰다. 문이 달리고 비닐로 된 창문까지 나 있는 아주 멋진 천막집이었다.

"창고로 신고해놓았으니 그리 아시고 편히 쓰십시오. 노숙이라 식구들 병이라도 날까 조심스럽습니다."

감사하다고 거듭 인사를 하고 천막집으로 이사를 했다. 밥솥이며 이불보따리를 옮기고 수십 대의 휠체어가 줄줄이 이사를 했다. 문제는 그때부터였다. 주민들이 구름떼같이 몰려들기 시작했다. 우리가 이사하는 것을 가로막기 위해서였다. 주민들은 스크럼을 짜서 우리를 가로막았다. '장애인들 수백 명이 몰려와 도로를 무단 점거했다'고 경찰서에 신고가 들어갔다. '장애인들이 복개천에 영원히 살러 왔다'는 헛소문도 돌았다.

주민들은 구청장한테도 항의를 했다. 불법 천막을 철거하라고 외쳤다. 그러나 구청장은 꿈쩍도 하지 않았다. 집을 짓는 동안 잠시 천막집에 사는 건데 그런 것까지 반대하는 사람들은 우리 구의 주민이 아니라고 완강하게 나섰다.

구청장 덕분에 우리는 무사히 복개천의 천막집으로 이사했다. 천막집엔 전기시설과 수도까지 설치되어 있었다. 우리로선 꿈도 꾸지 못한 호사였다. 비록 볼일이 급하면 도로공원의 공중화장실까지 달려가야 했지만 마음 놓고 살 수 있는 또 하나의 우리 집이었다.

천막집 안에 기계를 들여놓고 비닐봉투를 생산했다. 주문 물량이 많지 않아 기계가 쉴 때는 인형도 목걸이도 만들었다. 일감이 생기면 닥치는 대로 했다. 그래도 집을 짓느라 돈이 들어가니 형편은 쪼들렸다.

추석이 됐다. 가난한 사람들에게 명절은 구슬프다. 괜스레 마음이 가라앉는데 결혼하느라 에덴하우스를 떠났던 주먹손 박대성이 찾아왔다. 송편을 잔뜩 쪄서 시어머니와 시동생까지 함께 왔다. 박대성은 천막집을 휘 둘러보더니 한숨을 내쉬었다.

"원장님, 저는 원장님이 부자가 되신 줄 알았어요."

"내가 어떻게 부자가 되지?"

"전 국민이 비닐봉투를 사용하잖아요. 그러니 당연히 부자가 되셔
야죠."

"하하, 이미 부자가 됐지. 네가 결혼하고 나간 이후로 식구가 얼마
나 더 늘었는데? 월급도 올랐어. 그러니 부자가 된 거지."

"원장님은 하나도 안 변하셨네요."

"너도 변하지 말고 이다음에 아이들 다 키워놓고 또 일하러 와라."

1980년 기울, 개봉동 직립킹 공사가 신행되는 동안 지낼 곳이 없는 우리를 위해 당시 구로구청장은 복개
천에 천막을 지어주었다. 이곳에서 초겨울까지 지내며 인형도 목걸이도 비닐봉투도 만들었다.

밤이 되면 천막집은 몹시 추웠다. 사과 궤짝을 깔아 바닥을 높이고 담요를 깔았지만 땅에서 올라오는 한기를 막기엔 역부족이었다. 잠을 자려고 누우면 등 아래로 찬바람이 휙휙 지나갔다. 개천에 살고 있는 들쥐들도 밤이면 사과 궤짝 밑에서 달리기 시합을 했다. 그러나 한번 잠들면 다들 쥐가 설쳐도 모를 정도로 곯아떨어지는 피곤한 날들이었다.

유엔을 떠나 대외정책연구소에서 일하게 된 매형은 누나와 함께 매주 에덴하우스를 찾아와 봉사를 하였다.

"덕환아, 아니 이젠 정 원장이라고 불러야겠군. 정 원장, 자네 꿈이 대체 뭔가?"

"장애인들이 비장애인과 마찬가지로 이 사회에서 인간적인 대접을 받으며 당당하게 살게 하는 거지요."

"어떤 게 당당한 삶인가?"

"장애인이나 비장애인의 구분이 없이 사는 겁니다. 장애인이 복지기금의 도움만으로 사는 건 당당하지 못하지요. 물론 도저히 일할 수 없는 장애인은 사회가 돌봐야겠지만, 일할 수 있고 일하고 싶은 장애인에게는 그런 기회를 주는 게 진정한 복지라고 생각합니다. 힘든 장애를 가졌지만 남들보다 분명 나은 데가 있는 친구들이 많습니다. 그걸 찾아서 제몫을 하도록 돕는 게 제 꿈입니다."

"자네는 혼자 힘으로 세상을 바꾸려 하는군." 하고 매형은 한숨을 쉬었다.

"내가 자네의 뜻을 몰라 묻는 게 아니네. 그동안 자네가 해온 걸 보면 어찌 모르겠나? 요즘 에덴하우스 돌아가는 걸 보니 안타까워서 못 견디겠네. 아무리 생각해봐도 이건 자네 혼자 할 일이 아니야. 선구자의 역할은 길이 여기 있다고 외치는 거로 끝나는 거야. 그 후엔 조직화된 힘이 필요하다네. 이제 자네는 그 힘을 빌려야 해."

나는 매형의 말뜻이 뭔지 몰랐다.

"에덴하우스를 법인으로 등록하게. 그러면 아무리 어려워도 정부지원금으로 원생들 밥은 먹일 수 있어. 내가 보기엔 복지원은 이제 한계에 다다랐어. 땅을 사면서 빌린 돈을 상호신용금고 돈을 대출받아 갚았더군. 그럼 그 돈은 또 무엇으로 갚을 건가? 게다가 그전에 진 빚도 남아있는 상태 아닌가?"

"그렇지만 매형, 요즘은 사업이 꽤 잘되고 있어요."

"알아, 하지만 비닐봉투를 팔아 수익이 나자 급여부터 올려줬더군. 물론 마땅히 그래야지. 줄 수만 있다면 지금보다 훨씬 더 많이 주면 더 좋겠지. 하지만 자네가 빚더미에 올라앉아 있다는 걸 잊지 말게. 한순간에 모든 걸 잃어버릴 수도 있네."

"매형, 이제 새집을 짓고 설비를 늘이면 수익도 더 날 겁니다. 빚도 다 갚을 수 있어요."

나는 힘주어 말했지만 매형은 내 말을 믿지 않았다. 자나 깨나 빚에 몰려 돈을 구하러 다니는 줄 뻔히 알기 때문이었다.

"1원 떼기란 말을 들어봤나? 큰 회사에서도 원가에서 1원을 줄이는데 사운을 건다네. 이러고도 자네 사업이 제대로 굴러간다면 그게 더이상한 일이네. 일자리를 주기 위해 사업을 하는 게 아니라 사업을 하다 보니 일자리가 생기는 건데 자네는 거꾸로 해왔어. 적자를 줄이고 메꾸는 구조로 가지 못하면 모든 게 한 순간에 무너지네. 그렇게 되면 밥 굶는 게 문제가 아닐세."

매형이 천막을 떠난 뒤에도 매형이 남긴 충고는 찬바람이 되어 가슴으로 휘익 들어왔다. 가슴에 커다란 구멍이 난 거처럼 허전했다.

그 무렵 영락교회의 한경직 목사님도 에덴하우스를 자주 찾아오셨다. 목사님은 예고도 없이 불쑥 들러서는 아이들과 놀아주셨다. 그럴 때 목사님은 영락없는 동네 할아버지였다. 그날도 목사님은 교회 사람들이 모아준 쌀이며 부식거리를 한 보따리 싣고 오셨다. "천막에서

쌀과 부식거리를 싣고 우리를 자주 방문하던 한경직 목사님은 에덴이 복지법인이 되는 데 큰 도움을 주었다.

사는 게 몹시 힘들지?" 하시기에 내가 손사래를 쳤다,

"아이들 병나지 않게 잘 돌보시게. 아무리 봐도 정 원장은 고생을 사서 하는 거 같소. 그동안 죽을 고생을 하며 여기까지 왔는데 이제 덩어리가 너무 커졌어. 법인을 만들어 나라의 힘을 빌려보시게나."

이상한 일이었다. 매형이 법인을 만들라고 하자마자 한경직 목사님마저 재단 이야기를 꺼냈다. 나는 목사님에게 법인을 만들면 지금과 뭐가 다른지, 우리들에게 어떤 이득이 있는지를 여쭤보았다.

"법인이 뭐가 좋은지를 말하기 전에 정 원장한테 확인할 게 있소. 내 말에 솔직하게 대답을 해주셔야 하오."

목사님은 내 눈을 바라보았다.

"정 원장은 에덴하우스가 자기 것이라고 생각하오? 자기 재산이난 말이오?"

"그럴 리가 있습니까? 에덴하우스는 우리 모두의 것이지요."

"그렇다면 앞으로도 에덴하우스로 이득을 취할 마음이 없소?"

"빚을 갚을 마음뿐이지 뭔 이득을 취하겠습니까?"

"그동안 아파트를 저당 잡히고 사채를 얻어 키워온 사업체인데 아깝지 않겠소?"

"목사님, 제가 재물에 욕심이 있었다면 돈 버는 사업을 했겠지요. 에덴하우스는 사업체가 아니라 공동체입니다."

그러자 목사님이 내 손을 덥석 잡았다.

"쓸데없는 소리를 해서 미안하오. 내 그럴 줄 진작 알고 있었으면서도 노인네가 되니 노파심이 많아서 말이요. 우리 법인을 만들어서 장

애인들이 안심하고 일할 수 있는 든든한 사업장을 만들어줍시다."

"법인은 신청만 하면 되는 건가요?"

"쉽지는 않을 거요. 일단 서류를 다 만들고 나서 나한테 연락을 하시오."

막상 법인 등록을 하려니 여간 까다로운 게 아니었다. 서류를 만드는 게 복잡하기도 하거니와 비용도 만만치 않아 선뜻 시작하기가 어려웠다. 그래도 법인이 되면 2년 뒤부터는 정부의 지원을 받을 수 있다고 했다. 마침 내가 다니던 교회에 복지부 국장으로 근무하던 이가 있어 서류 준비에 도움을 받았다. 서류가 준비되자 한 목사님은 '이젠 내가 나설 차례'라며 나를 데리고 복지부 장관실로 갔다. 목사님은 장관에게 나를 국가대표 선수 출신이라고 소개한 뒤 에덴이 지나온 과정을 조리 있게 설명하셨다.

"에덴의 식구들은 중증장애인입니다. 부모조차 돌보기를 포기한 아이들도 많습니다. 그런 이들을 생산현장으로 끌어내어 인간다운 존엄한 삶을 살게 하느라 그간의 고생은 이루 말할 수 없었지요. 복지라고 하면 다들 거저 얻는 것을 생각하지만 스스로 살게 해주는 것이 진짜 복지가 아니겠습니까? 지금껏 정 원장이 국가가 할 일을 대신해왔으니 이제 그만 나라에서 도와줄 때가 되었습니다."

"잘 알겠습니다. 복지법인을 만들어 계속 사회에 봉사하신다는데 저희가 당연히 도와드려야지요. 걱정하지 말고 서류부터 접수하십시오."

장관은 그 자리에서 복지국에 전화를 걸어 주었고, 일이 순조롭게 진행되어 한 달 뒤에 법인등록증을 받았다. 임의시설이던 에덴하우스는 그때부터 사회복지법인이 되어 이듬해인 1991년부터는 정부의 지원을 받을 수 있었다. 정부에서는 관리자와 법인 종사자 두세 명, 그리고 에덴하우스의 근로자 18명의 인건비를 지원해주었다. 법인은 이사회를 구성해야 해서 덕분에 나는 원장에서 이사장으로 승진했다.

• 쓰레기봉투 전성시대

작은 일을 열심히 하면 큰 일을 해낸다고 한다. 비닐봉투 만드는 일을 열심히 했더니 우리에게도 기회가 왔다. 1994년, 쓰레기를 비닐봉투에 담아 버리는 쓰레기종량제가 시범적으로 시행됐다. 서울시의 22개 구청에서 쓰레기 분리수거용 비닐봉투를 시범용으로 납품해달라는 요청이 왔다.

"이사장님, 시범용을 만들어달라는 건 앞으로도 계속 만들어달라는 거지요?"

직원들은 신나는 얼굴을 감추지 못했다.

"글쎄, 내가 알 수 있나? 시범만 보이고 물러나라고 할지도 모르지."

"시범으로 시켜보고 그중에서 고를 수도 있겠네요."

"그렇겠지. 그러니 누가 봐도 최고다 싶게 잘 만들어야 해."

무엇보다 얇으면서 튼튼하고 신축성이 있는 원단을 만들어야 했다. 무슨 쓰레기를 얼마만큼 담아 버리든, 쓰레기봉투가 찢어져선 안 될 일이었다. 최고의 품질을 얻기 위해 새 제품을 만들었다가 버리고 또다시 만드는 일을 되풀이했다. 이러다 만족할 만한 제품을 영영 만들지 못하는 게 아닌가 싶어 초조해질 무렵에서야 만족스런 제품이 나왔다. 물에 젖어 무거워진 쓰레기를 담아도 보고 봉투가 미어터질 정도로 쓰레기를 넣어보았지만 끄떡없이 버텨줄 만큼 튼튼하고 신축성이 좋았다. 쓰레기를 봉투 끝까지 담고 묶어도 손잡이가 끊어지지 않았다.

완제품을 구청에 보냈다. 며칠 후에 공문이 왔다. 어느 업체보다 품질이 좋다는 평가서가 들어있었다. 22개 구청에서 일제히 납품을 서둘러달라고 했다. "빨리 작업을 시작해서 멋진 제품을 만들어 보냅시다. 어서들 서둘러요." 하고 신이 나서 휠체어를 타고 작업장을 몇 바퀴나 돌았다. 그런데 그때 원료를 압출기에 넣는 기사가 달려왔다.

"이사장님, 원료가 없습니다. 지금 있는 거로는 주문 받은 양의 10퍼센트 정도밖엔 만들 수 없어요. 하루빨리 원료부터 구입해주세요."

원료는 현금을 주고 사와야 한다. 어디서 그 돈을 구하나? 결국 또 돈을 빌려야만 했다.

"알았어요, 내가 어떻게든 원료를 대줄 테니 걱정 말고 물건을 만듭시다."

큰소리를 치고 사무실로 왔다. 돈을 빌릴 수 있는 데를 하나하나 떠올려봤다. 도처에 빚이 걸려있어서 더 이상 손 내밀기가 어려웠다. 그래도 또 부딪쳐봐야지, 하고 전화기를 집어 들었다. 먼저 떠오르는 그 순간에 번호부터 눌러 사정을 하려는데 전화가 걸려왔다. 원료도매상이었다.

"이사장님, 축하드립니다."

"아니 벌써 알고 있었소?"

"하하, 그렇고말고요. 이사장님 공장에 원료 들어간 지가 한참 됐는데 연락이 없으셔서요. 지금 당장 한 차 싣고 가겠습니다."

전화를 끊자마자 원료탱크가 비닐 원료를 가득 싣고 왔다. 원료대금에 대한 말은 한 마디도 없었다. 하루아침에 세상이 완전히 뒤집어져 있었다. 원료가 창고 가득히 쌓였다. 바라보기만 해도 배가 저절로 불렀다.

1995년 1월 1일부터 쓰레기종량제가 전국적으로 확대 실시되었다. 모든 쓰레기는 구청에서 지정한 쓰레기봉투에 담아 버려야 했다. 가정에서 배출되는 모든 쓰레기는 시·군·구가 판매하는 규격봉투에 담아 내놓아야 했다. 비닐봉투도 구청마다 색깔이 달랐다. 작업공정에 더 신경을 써야 했다.

비닐봉투는 플라스틱 사업이다. 플라스틱 제조를 하는 수많은 업체들과 경쟁을 벌여야 했다. 날마다 영업을 나갔다. 쓰레기봉투 구매를 담당하는 청소과는 구청마다 맨 꼭대기 층에 있었다. 다들 옛날 건물이라 엘리베이터가 없는 곳이 많았다.

나를 차에서 들어 내리고 휠체어에 태우는 동안에도 좁은 주차장에서는 빵빵거리는 경적 소리가 그치지 않았다. 주변 사람들까지 불러 모아서 나를 청소과가 있는 꼭대기 층까지 들어 올리고 나면 우리 식구들은 땀투성이가 된다.

그러나 그게 끝이 아니다. 차를 타고 오고 휠체어에 탄 채로 들어올리는 동안 장이 움직여 배변활동이 시작되는 것이다. 청소과의 문을 두드리다 말고 상호와 송학이는 얼른 나를 화장실 입구로 데려간다. 바지를 벗기고 화장실에서 수건을 적셔다 엉망이 된 나의 엉덩이를 씻긴다. 그 사이 다른 한 사람은 화장실에 들어가 바지를 빤다. 젖은 바지를 비닐봉지에 담고 여분의 바지로 갈아입히고 바지가 없을 때는 물에 젖은 바지를 짜서 그대로 입힌다. 하루에도 몇 번씩 설사가 나오는 날은 빨아서 입히는 걸로 감당이 안 돼 길거리에 나가 추리닝바지를 사오기도 했다.

추운 겨울날, 더운 물이 나오지 않는 공중화장실에서 바지를 빨고 내 엉덩이를 씻기는 일은 보통 고역이 아니다. 내 뒤처리를 해주는 식구들의 얼굴엔 땀이 흐르고 손은 새빨갛게 얼었다. 보는 내 마음이 편할 리가 없지만 그런 걸 일일이 공치사할만한 여유가 없었다. 나와 같이 일하는 사람들 중엔 나의 바지를 빨아보지 않은 사람이 거의 없다.

그해 연말부터 이상한 소문이 돌기 시작했다. 플라스틱조합에서 지방자치단체와 수의계약을 맺는다는 거였다. 우리도 플라스틱조합의 회원이었다. 당연히 적정한 물량을 배정해줄 걸로 믿었다. 그런데 할당된 양은 그전의 절반도 되지 않았다. 나와 직원들이 매일 조합사무실로 찾아가 항의를 했다. 아무 소용이 없었다. 오히려 점점 더 배당량이 줄어들었다. 미칠 일이었다.

물량을 더 달라고 하고 못 주겠다고 하는 지루한 싸움이 2년 넘게 계속됐다. 기계가 멈춰서는 날이 늘어갔다. 언제 또 부도가 날지 모르는 상황이 됐다. 그동안 모아 두었던 법인 자금도 거덜이 났다. 전자제품 임가공을 하다가 불황을 맞았던 때가 생각났다. 더 이상 버티지 못하면 다른 업종으로 바꿀 수밖에 없었다.

'어떤 업종으로 또다시 전환해야 한단 말인가?'

깊은 고민에 쌓인 나는 밥맛도 잃었고, 잠도 오지 않았다. 어떤 직원은 다시 업종을 바꿔서 개척하느니 플라스틱조합과 화해를 해서 선처를 바라는 게 나을 거라고 했다. 나는 고개를 가로저었다. 해볼 도리는 다 해봤기 때문이었다. 그래도 다시 한 번 더 플라스틱조합을 찾아갔다.

"우리는 불완전한 육신을 가진 사람들의 단체입니다. 적어도 먹고는 살아야 될 만큼 일거리를 주어야 하지 않습니까? 지금 주는 물량으로는 밥 먹기도 힘듭니다. 제발 저희들 사정을 살펴주십시오."

그러나 요지부동이었다. 그 무렵 정재국이라는 남자가 에덴하우스를 찾아왔다. 40대 중반의 그는 최전방에서 대대 병력을 지휘하던 육군 중령 출신답게 체격이 우람했다. 그는 '언론을 통해 원장님을 잘 알고 있다'고 인사를 하고는 사람들과 어울려 작업도 하고 놀아주기도 했다. 입담도 좋아서 그가 들려주는 군대 이야기는 아이들을 들었다 놨다 하며 즐겁게 해주었다.

정재국은 플라스틱조합과의 일 때문에 기진맥진해있을 때 큰 힘이 되어주었다. 항의를 하러 조합사무실에 갈 때면 같이 가서 함께 싸웠다. 10원 한 장 받지 않고 에덴하우스의 일을 자기 일처럼 돌봐주었다. 그러던 어느 날, 그가 헐레벌떡 사무실로 뛰어 들어왔다. 그의 손에 두꺼운 법률 책이 들려있었다.

"원장님, 여기 좀 보십시오. 법률시행령 제26조에 의하면 수의계약이 가능합니다."

"그게 무슨 소리야? 좀 알아듣게 설명을 해보시게."

"원장님, 국가를 당사자로 하는 계약에 관한 법률시행령 제26조에는 수의계약을 할 수 있는 경우가 있다고 적혀있습니다. 국가를 상대로 할 때 단체협약만 성사될 수 있는 게 아니고 개별 법인도 수의계약을 할 수 있습니다."

"아니 그렇다면 우리가 정부와 계약을 할 수 있다는 거요?"

어이가 없었다. 그동안 당한 건 뭐란 말인가. 나는 당장 정재국과 함께 조달청으로 달려갔다. 우리는 흥분해서 담당자를 만났다. 담당자는 그러한 법 조항은 특수한 경우에만 해당된다고, 담담한 어조로 차분하게 응대했다. 마음 같아선 그를 들어 올려서 매트 위에 내다꽂고 싶었다. 그러나 마음을 가라앉히고 사정을 했다.

"담당자님, 저를 보십시오. 저는 목 아래로는 마비가 되어 전혀 쓸 수 없는 전신마비장애인입니다. 에덴하우스에는 저처럼 중증장애를 가진 장애인들이 100명 가까이 모여 일합니다. 우리가 특수한 경우가 아니면 도대체 무엇이 특수한 경우란 말입니까?"

담당자는 나를 가만히 바라보았다. 그러더니 "죄송합니다."라고 하면서 준비서류 몇 가지를 적어주었다. 서류를 제출한 후 1997년 7월, 우리는 조달청과 수의계약을 맺었다. 쓰레기 종량제를 시범 실시할 때 검정 비닐봉투를 납품했던 22개 납품처를 도로 다 얻었다. 새로 생긴 송파구와 경기도 평택시에서도 수주를 받았다. 총 물량은 검정 봉투의 몇 배에 달했다.

비닐 원료를 실은 트럭이 줄을 이어 공장으로 들어왔다. 압출기 속으로 원료가 쉴 없이 들어가고 매끄러운 원단이 끝없이 뽑혀 나왔다. 규격에 맞게 재단된 원단에 고압의 열기계가 날렵하게 눌러 박았다.

각종 색깔의 쓰레기봉투가 줄줄이 쏟아져 나왔다. 우리 식구들의 손놀림도 바빠졌다. 모두들 눈에 불을 켜고 일을 했다. 쓰레기봉투를 구청이 지시한 크기로 접고 스무 장씩 한 묶음으로 만들었다. 몇 리터짜리란 스티커를 붙이고 스무 장 묶음을 열 개 혹은 스무 개씩 또 묶었다. 묶음은 상자에 담겨 작업장 바깥에 차곡차곡 쌓였다.

많은 양의 작업을 하다 보니 기계가 종종 멈춰 섰다. 기계는 오류를 일으켰지만 장애인들이 하는 손작업은 실수가 없었다. 불량품을 골라내고 장수를 헤아려 한 묶음씩 만드는 작업에서 아이들은 전혀 실수를 하지 않았다. 하나부터 열까지를 셀 줄 모르는 아이들조차 기가 막히게 스무 장을 세어 묶었다. 옆에서 말을 시켜도 헷갈리지 않았다. 학교에서는 그렇게 가르쳐도 되지 않던 일이 일터에서 일어난 것이다. 하나에서 스물까지 세기를 반복했을 뿐 특별한 방법이 있던 것도 아니다. 일을 한다는 긴장감, 일터라고 하는 특수한 상황이 아이들에게 집중력을 심어준 것이라고밖에 달리 설명할 방법이 없다. 신기한 일이었다.

스무 장 묶음이 여러 다발로 포장된 박스가 트럭에 실렸다. 각 구청으로 제품을 실어 나르느라 하루 종일 트럭이 부르릉거렸다. 납품이 되자마자 곧 입금이 됐다. 믿을 수 없이 빠른 속도였다. 입이 귀에 걸린 홍 국장이 식구들 수에 맞춰 배당을 나눴다. 월급을 받아든 사람들 입이 또 귀에 걸렸다. 쓰레기봉투가 몰고 온 뜻밖의 행복이었다.

"이거 걸 보고 뭐라고 할 거 같아?"

월급봉투를 받고 흐뭇해하는 식구들을 보고 내가 물었다. 그때 창순이가 손을 번쩍 들더니 입이 찢어지게 웃으며 말했다.

"쥐구멍에도 볕들 날 있다!"

• 꿈은 이루어진다

일감이 늘어나면서 인근 주민들의 항의가 많아졌다. 기계들이 돌아가면서 내는 소음이 문제를 일으켰다. 일이 밀리면 종종 야간작업도 해야 했는데 그때마다 주민들 항의가 빗발쳤다.

처음에 우리가 이사를 올 때는 동네 전체가 들깨밭이었다. 더구나 우리 건물 뒤로는 푸른 산이어서 '돈 많이 벌어서 저 산을 몽땅 사들여 식구들 놀이터를 만들자'고 흰소리도 했었다. 그런데 산 밑으로 아파트가 들어서고 들깨밭에도 연립주택들이 즐비하게 들어서서 주택 밀집지역에 우리가 잘못 자리 잡은 꼴이 돼버렸다. 상황이 역전되어, 우리가 밀려날 판이 된 것이다.

주민들의 민원이 빗발치자 구청 직원들이 수시로 감사를 나왔다,

그때마다 우리한테 무조건 나가라고도 못 하고 난감한 표정만 짓다가 돌아갔다.

공무원도 못할 노릇이었다. 우리가 공장을 옮겨야 할까. 마침 물량은 늘어나는데 시설이 모자라 당시 공장이며 기숙사가 비좁다는 문제도 있었다. 사정이 되는대로 이사를 하기로 결정했다.

나는 오랫동안 머릿속에서 그려오던 에덴하우스의 모습을 떠올렸다. 기숙사와 공장이 가까이 붙어있고 반드시 층마다 엘리베이터가 오르내려야 한다, 24시간 더운물이 나오는 널찍한 욕실도 있어야 하고 사람들이 한꺼번에 밥을 먹을 수 있는 대형 식당도 있으면 좋겠다, 그리고 비닐 원료부터 포장된 완제품까지 다 쌓아놓아도 비에 젖을 걱정이 없는 넓은 창고도 필요하다, 이런 마음으로 그려놓은 엉성한 설계도였다.

"이사장님, 마스터플랜을 그리셨네요."

"알아보긴 하겠어?"

"저야 물론 알아보고말고요. 근데 설계사한테는 설명을 좀 해줘야겠네요."

나는 굵은 사인펜을 엄지와 검지 사이에 비스듬히 끼우고 글씨를 쓴다. 어설픈 글씨로 '문지방 없게' '더운물 잘 나오게'라고 적어 넣은 그림이 오죽하랴.

"다른 건 몰라도 그림에 있는 건 꼭 지켜야 된다고 하고, 이렇게 지으려면 얼마나 드는지 알아보게."

홍 국장을 설계사한테 보내놓고 나는 단꿈에 빠져들었다. 푸른 들판 사이로 에덴하우스가 그림같이 펼쳐져있는 꿈이었다.

"그런데 땅도 없이 어디다 지으시려고요? 우선 땅을 알아보셔야지요."

"나도 알아. 하지만 땅 살 돈이 있어야지. 이 공장을 팔면 지난번처럼 또 천막을 치고 살아야하는데…… 누가 또 천막을 지어줄 리도 없고. 어째야 좋을지 나도 모르겠어."

머리를 쥐어짜도 방법이 없었다. 마음이 답답해선지 밤이면 열도 났다.

"정부에 호소해보면 어떨까요?"

"어디다 호소를 해? 여의도에 가서 울어볼까?"

"울기는요? 정부에 정정당당하게 예산을 신청해야지요."

우리는 지금 있는 시설을 이전 확대해서 생산성을 높이고 일자리를 창출하겠다는 사업 시안을 만들었다. 함께 일하고 있는 장애인 근로자들의 현황도 자세히 쓰고 전 세계에 자랑할 만한 직업재활시설을 만들겠다는 계획서를 보건복지부에 제출했다.

그런데 예산을 짜는 기간이 다 끝나가도록 답이 없었다. 된다는 건지 안 된다는 건지 감감무소식이었다. 개봉동 주민들한테도 뭐라고 답을 해줘야 하는데 복지부에서 답을 못 들으니 할 말이 없었다. 주민들의 원성은 날마다 더 심해졌다.

김영삼 대통령의 청와대 만찬에 초대받은 날이었다. 일찌감치 청와대 앞에 도착해서 청와대로 들어가는 버스를 기다리고 있는데 아는 얼굴이 눈에 뜨였다. 복지담당 비서관이었다. 반가운 마음에 큰 소리로 그를 불러 인사를 나눴다.

"쓰레기종량제 덕분에 살림 좀 피셨지요?"

그가 말했다. 나는 고개를 저었다.

"물량이 늘어나니 동네에서 나가라고 난리에요. 그보다도 이번에 직업재활시설 사업을 신청했는데 된다 안 된다 말이 없으니 답답해 죽을 지경입니다."

"올해 예산은 이미 다 짜였을 텐데……. 차라리 기획예산처 총괄예산국장한테 직접 알아보세요."

이튿날 총괄예산국장을 찾아갔다. 사정 이야기를 다 듣고 난 국장이 우리 예산 건을 알아보았다. 복지부에서 올린 우리 예산 건이 기획예산처에서 반려된 상태였다. 장애인 보호시설을 하는데 무슨 돈이 30억 원이나 필요하냐는 이유였다.

기획예산처에서 생각한 장애인시설은 단순한 작업을 훈련시키는 장애인 보호작업장이었다. 더구나 당시 감사원의 감사 결과, 수많은 보호작업장들이 장애인들에게 직능 교육을 시키겠다는 명목으로 예산을 타낸 후에 장애인 교육장으로서의 역할을 제대로 하지 않고 창고 임대업 등으로 뒷돈을 챙기고 있다는 게 밝혀졌다. 잘못을 저지른 보호작업장들 때문에 복지부가 감사원에게 두들겨 맞았다. 그 바람에 우리가 낸 안건까지 묻혀버린 것이었다.

"잘못된 사건 때문에 큰 낭패를 보실 뻔했습니다. 예산안은 곧 다시 심사할 수 있도록 해드리겠습니다."

휴지가 될 뻔했던 우리의 사업계획서는 이렇게 다시 살아나 예산을 따게 되었다. 훗날 파주로 공장을 이전하고 자리가 잡힌 후에 나는 국장을 초대했다. 에덴하우스를 둘러본 그는, "제가 생각했던 것보다 훨씬 더 훌륭합니다. 나라에서 예산을 지급한 것의 150퍼센트 성과를 내고 계십니다."라고 했다.

예산이 확정됐으니 땅을 알아보기 시작했다. 개봉동과 가까운 광명시를 마음에 두고 부동산을 찾아다녔지만 우리가 가진 돈으로는 어림도 없었다. 용인 부근도 샅샅이 뒤져보았지만 마찬가지였다. 언제 그렇게 땅값이 올랐는지 입도 떼기 어려웠다. 하는 수 없이 의정부 쪽으로 올라가보기로 하고 차를 몰던 중에 파주에 다다랐다. 강가에 푸른 들판이 어울린 모습이 정겨웠다.

"홍 국장, 여기도 좀 알아보자."

"서울하고 가까워서 비쌀 거 같은데요?"

"그래도 알아봐, 눈 먼 땅이 우리를 기다리고 있을 줄 아냐?"

부동산을 찾아가 물어보았더니 우리가 찾아 헤매던 땅이 바로 그곳, 경기도 파주시 교하읍 신촌리 345번지에 있었다. 2천 평 가까이 되는 너른 땅이었다. 예산했던 것보다 비쌌지만 과감하게 샀다.

건축공사를 시작했다. 이번에도 역시나 주민들의 반대가 시작됐다. 들판 주위로 옹기종기 들어선 50여 호의 시골마을이 우리들 때문에 난리가 났다. 아이들 교육상 장애인시설은 지을 수 없다고 버텼다. 파주시청에서 공무원들이 나와 주민들을 설득시켰지만, 주민들은 막무가내였다. 공사 차량이 드나드는 길목을 트랙터와 경운기로 가로막더니 아예 멍석을 깔고 앉아버렸다.

공사를 못 한 채로 시간만 흘러갔다. 개봉동에서는 떠나라는 민원이 빗발치고, 파주에서는 들어올 수 없다고 강경하게 반대하니 난감했다. 나는 매일 개봉동에서 파주까지 출근을 했다. 마을에 해가 되는 일은 없을 테니 제발 공사를 하게 해달라고 주민들에게 사정했다. 그래도 반응은 요지부동이었다.

"이사장님, 주민들을 개봉동으로 초대해서 우리가 일하는 모습을 보여드리면 달라지지 않을까요?"

"그럴 것 같아요. 처음에 반대했던 여기 주민들도 나중엔 잘 지내게 됐잖아요. 저희를 잘 몰라서 반대하는 걸 거예요."

그럴듯했다. 장애인들이 일하는 모습을 본 적이 없으니 이상하게 생각할 수도 있을 터였다. 우리는 하루 날을 잡아 파주 신촌리 주민들을 개봉동으로 초대했다. 주민들은 쓰레기봉투를 만드는 공장을 둘러보았다.

"공장 시설이 생각보다 훨씬 크군요. 이렇게 번듯할 줄 몰랐는데, 놀랍습니다."

"지금 이게 비좁아서 옮기는 겁니다. 잘 되게 도와주십시오."

"시커먼 연기가 날 일은 없나요?"

"없습니다. 농작물에 해를 입히는 일도 절대 없습니다. 염려하지 마십시오."

"장애인들은 다 어디서 사나요?"

"저희 기숙사에서도 살고 자기 집에서 출퇴근도 합니다. 지기운진자들도 있습니다."

"장애인들도 가족이 있나요?"

"그럼요, 부모형제들과 살기도 하고 결혼해서 가정을 이룬 직원들도 많습니다. 부부가 같이 일하기도 하고요. 장애가 있을 뿐이지 사는 모습은 여느 사람이랑 다를 게 전혀 없지요."

"어렸을 때 전쟁에서 부상당한 사람들이 손에 갈고리를 끼고 다니던 걸 많이 봤습니다. 그때 모습이 머릿속에 박혀서 장애인이라고 하면 괜히 무서운 생각부터 들었습니다. 저리 열심히 일하는 모습들을 보니 미안한 마음이 드는군요."

"그런 인상을 가진 사람이 왜 어르신뿐이겠습니까? 그때는 제대로 된 의수도 없었지만 지금은 다릅니다. 보조기구를 써서 얼마든지 비장애인들처럼 움직일 수 있게 되었습니다."

그들이 그토록 염려스럽게 생각했던 '장애인'들은 인사도 잘하고 일도 잘하고 가정도 꾸리는 건실한 생활인들이었다. 우리에겐 너무도 당연한 모습들이 그들에겐 참으로 놀라운 일인 모양이었다.

그 때문이었을까. 어느 날부터 길거리에 주저앉아 공사를 방해하던 주민들이 슬그머니 사라졌다. 길을 막아놓았던 경운기도 사라졌다. 주민들의 암묵적인 동의 속에 공사가 진행됐다. 땅을 파고 자갈을 넣은 다음 시멘트를 덮으면서 철근을 박아 세웠다.

지하실에 공장을 넣고 1층에 식당과 주방, 사무실을, 2층엔 기숙사를 넣을 계획이었다. 하루 종일 작업을 해야 하는 공장이 지하로 들어가는 게 마음에 걸렸지만 군사보호지역이라 고도제한이 있어 어쩔 수 없었다. 그 대신 지하실의 방수공사를 제대로 해달라고 단단히 일렀다.

"이사장님, 공사가 아주 잘되고 있으니 아무 염려 마십시오. 이대로 라면 여섯 달 안에 이사할 수 있겠는 걸요?"

"그렇게나 빨리요? 빠르면 좋기야 좋지만 그보다는 집을 잘 지어주 셔야지요."

"옳으신 말씀입니다. 그런데요 이사장님, 요즘 환율 때문에 자잿값 이 정신없이 올라서 큰일입니다."

"IMF 때문에 건설경기가 최악이라는데 자잿값이 오른다 말이요?"

"밀가루나 설탕도 오르는데 자재라고 안 오르겠습니까? 그래서 말 씀인데요, 벽돌과 철근을 미리 사놓으면 건축비가 많이 절감될 것 같 습니다."

환율이 오르는 건 사실이었다. 1달러에 천 원 가량하던 것이 2천 원 가까이 올랐으니 그럴 만도 하다 싶었다. 그래서 사장이 달라는 대 로 6억 원을 자잿값으로 미리 내주었다. 며칠이 지나자 파주 현장에 서 이상한 일이 생겼다. 공사를 하던 인부들이 하나 둘씩 사라져버리 는 거였다. 그러더니 마침내 공사를 하는 인부가 한 명도 보이지 않았 다. 한꺼번에 들여오겠다던 철근과 벽돌도 소식이 없었다. 뭔가 잘못 돼가고 있는 느낌이 들었다. 불안하기 짝이 없었다. 그러더니 마침내 파주 현장을 둘러싼 소문들이 내 귀에 들어오기 시작했다. 너무도 뻔 한 사기에 내가 말려든 것이었다. 망해가고 있던 건축회사가 에덴하 우스의 건축을 맡게 됐고, 사장은 자잿값이란 이름으로 6억 원을 받

IMF 경기침체로 인한 건설사의 부도 등 우여곡절을 이겨내고 에덴하우스는 1999년에 파주로 보금자리를
옮겼다. 엘리베이터와 24시간 더운물이 나오는 널찍한 욕실, 사람들이 한꺼번에 식사할 수 있는 대형 식
당 그리고 안전한 창고까지 구비된 꿈의 집이었다.)

아 줄행랑을 쳤다. 인부들은 그동안 일한 임금도 한 푼 받지 못했다고 했다.

나는 남을 의심할 줄 모른다. 복지원을 시작하면서부터 끊임없이 속고 당했으면서도 그 버릇은 고쳐지지 않았다. 자재를 미리 구입해 놓는 게 돈을 적게 들인다는 소리에 혹해서는 6억 원이라는 큰돈을 덥석 내주었으니 어쩌면 좋을 건가. 그 돈은 국가로부터 지원받은 돈이다. 국민들이 땀 흘려 일해서 낸 세금이다. 나는 국민의 세금을 지원받아 사기를 당한 것이다.

직원들이 그를 잡으러 매일 돌아다녔지만 헛일이었다. 나는 잠을 이루지 못하고 뜬눈으로 밤을 지새웠다. 날마다 파주 현장에 가서 멍하니 앉아있었다. 어디선가 건축회사 사장이 나타나 '미안하다'고 말해줄 것만 같았다. 그러나 여러 날이 가도록 그는 나타나지 않았다. IMF 구제 금융으로 인한 경제불황이 구체화되면서 여기저기서 부도가 나는 회사들이 줄을 이었다.

"여보, 자꾸 파주에만 가면 뭐가 달라집니까? 직원들이 여러모로 찾고 있으니 기다려보세요."

너무 신경을 쓴 탓에 열이 올라 급성 신장염으로 응급실을 다녀온 나를 걱정하며 아내가 말렸다.

"내가 바보같이 저지른 일인데 어떻게 나 몰라라 하겠소."

의미 없는 짓이라는 건 나도 알았다. 그렇지만 그렇게라도 하지 않으면 견딜 수가 없었다. 기왕에 들여놓았던 자재들이 비를 맞으며 방치돼있는 걸 보면 내 살이 찢어지는 듯했다. 언제까지나 공사를 미룰 수만은 없었다. 개봉동 건물을 부동산에 내놓았다. 그걸 팔아서라도 새집은 지어야 했다.

"개봉동 건물을 얼마나 쳐 준대?"

"요즘 IMF라 건물 값이 형편없어요. 부도로 넘어가는 건물 천지니까 제대로 된 값이 없는 형편입니다."

"그래서 값이 얼마냐니까?"

"한 사람이 왔다가긴 했는데, 공사는커녕 구멍가게 하나도 살 수 없는 가격이에요."

어찌해야 좋을지 앞이 보이지 않았다. 그렇게 파주 공사현장을 지키기 넉 달째 되던 날이었다. 예순 살은 더 돼 보이는 남자가 좀 더 젊은 남자 둘과 함께 공사장을 찾아왔다. 세 사람은 허리를 굽혀 절을 했다.

"졸지에 부도를 맞아 정신을 못 차렸습니다. 사장은 경찰에 잡혀갔고 저희 간부들이 다시 한 번 회사를 세워보자고 비상대책을 세웠습니다. 내일부터 공사를 시작해서 내년 4월까지 끝내겠습니다."

이게 무슨 말인지 내가 잘못 들은 건 아닌지, 어리둥절했다.

"하필 장애인단체 자금을, 그것도 국가지원금을 훼손했다는 사실에 몸 둘 바를 몰랐습니다. 용서해주십시오."

그들의 손을 잡고 나도 고개를 숙여 절을 했다. 얼마나 다행스런 일인가.

그들의 말대로 이튿날부터 공사가 다시 시작되었다. 지하실과 1층이 마감되고 2층의 기숙사 공사가 진행됐다. 결혼한 부부가 함께 살 수 있는 방도 준비됐다. 200명이 한꺼번에 식사할 수 있는 식당에 식탁과 의자들이 속속 들어와 놓이고 식당 한쪽으로는 휴게실도 마련됐다.

1999년 4월 30일, 우리는 파주의 새집으로 이사했다. 내가 꿈에 그리던 모든 것이 현실로 이루어진 집이었다.

"나는 육체로는 일을 못 해요.
너무 부실해서요.
그래서 나는 영혼으로 일해요."

5장

당신은
기적입니다

• 나는 영혼으로 일해요

한 청년이 휠체어에 엎드린 채로 나를 찾아왔다. 근육이 점점 약해지는 병을 앓고 있었다. 이미 다리 근육은 모두 힘을 잃어 휠체어에 앉을 수 없었다.

"무슨 일을 할 수 있지?"

"다리로 하는 거 아니면 다 잘합니다." 하고 청년은 말했다. 목소리가 밝고 우렁찼다.

"그래, 패기가 좋군. 자네가 제일 잘하는 건 뭔가?"

"시입니다."

"뭐라고?"

나는 언뜻 알아듣지 못했다.

"시입니다. 시를 잘 씁니다."

내 평생 시를 잘 쓴다는 사람은 그때 처음 보았다. 나는 슬그머니 웃음이 났다.

"시를 얼마나 잘 쓰는데 그러나? 자네가 쓴 시가 있나?"

"예, 있습니다."

청년은 자신 있게 대답했다.

"그럼 시를 한 번 읊어보겠나?"

"예!"

설마 진짜 시를 읊으리라곤 생각하지 못하고 한 말이었다. 그런데 청년은 즉석에서 시를 읊었다.

"물새바위 시냇물은 세게 흘러요. / 사내아이는 노란 종이배를 물살에 띄우고 / 물새바위 쪽으로 달려갔다. / 누가 빠른가 내기하는 거야. / 바람처럼 날아온 사내아이는 / 한달음에 바위 위로 올라갔다. / 내가 먼저 왔지롱. / 그 사이 노란 종이배는 저쪽으로 흘러갔다. / 에이, 쟤가 먼저 왔잖아."

"그게 자네가 쓴 시 맞나?"

"제가 열세 살 때 쓴 시입니다. 제목은 '노란 종이배'입니다."

강원도 홍천에서 일자리를 찾아 올라온 권오철이라는 청년이었다. 다리가 오그라져 붙어버려 학교는 문턱에도 가보지 못했다. 집에서 지루한 시간을 보내며 시를 썼다. 학교에 다니지 못했으니 시가 뭔지 어떻게 쓰는 건지 배워본 적도 없다. 그냥 그의 마음이 가는대로 쓴 시라고 했다.

"제목이 왜 '노란 종이배'지?"

"제 마음입니다. 노란 종이배가 되어 온 세상을 마음껏 돌아다니고 싶어서 쓴 시입니다."

시를 쓰는 청년은 이렇게 에덴에서 일을 시작했다. 의자에 앉을 수 없는 그는 가슴을 작업대 위로 올리고 엎드려 일을 했다. 두 팔꿈치로 안간힘을 써서 가슴을 받치니 두 손이 부자유스러웠다. 그런데도 선자제품 조립도 잘하고 비닐봉투도 잘 묶었다.

그는 작업장의 척척박사였다. 학교는 다니지 못했지만 닥치는 대로 책을 읽었다고 했다. 책이 별로 없어서 누나가 배우는 교과서도 다 읽었다. 그는 모르는 게 없었다. 무엇을 물어봐도 큰 소리로 잘 가르쳐주었다. 잘난 척은 전혀 하지 않았다. 가끔은 시를 써서 읽어주기도 했다. 오철이의 누나는 가발공장에 다녔다. 누나는 월급을 타는 날이면 오철이가 볼 책들을 한 보따리 사가지고 찾아왔다. 서로 위해주는 남매가 정말 보기 좋았다.

아는 거 많고 친절한 오철이는 여자들한테 인기가 많았다. 어린 여자원생들이 오철이 곁으로 모여들었다. 쉬는 시간이면 오철이는 종이학을 접었다. 알록달록한 색지를 사서 정성들여 종이학을 접어 큰 유리병에 모았다. 그 종이학이 3천 마리가 되던 날, 오철이는 미숙이에게 선물을 했다. 뜨개질을 잘하던 얌전이 미숙이를 오랫동안 좋아해온 것이다. 몇 달 뒤에 그들은 결혼을 했다.

결혼 후 두 사람은 홍천으로 내려가 고추농사를 지었다. 한 달이 멀다하고 편지가 왔다. 농사지은 가지도 보내오고 오이도 보내왔다. 머리통보다 큰 호박도 보내왔다. 그러다 갑자기 소식이 뚝 끊겼다. 편지를 보내도 답장이 오지 않았다. 그러던 어느 해 가을, 미숙이가 혼자서 나를 찾아왔다.

"원장님, 오철 오빠가 곧 떠나게 생겼어요."

위암이 폐와 간에 전이되었다고 했다.

"오철 오빠가 여기로 오고 싶어해요. 오빠는 원장님이 아버지래요."

서둘러 홍천으로 사람을 보내 오철이를 데려왔다. 뼈가 앙상하여 가뜩이나 작은 몸이 더 작아졌다. 식구들이 오철이의 몸을 다독이며 '노란 종이배'를 읊어줬다. 오철이는 앙상한 얼굴로 환히 웃었다. 오철이는 열흘을 채우지 못하고 세상을 떠났다. 그가 세상을 떠나기 전, 나는 오철이 옆에 나란히 누웠다. 나의 엉성한 두 손을 바싹 야윈 오철이의 손등에 얹었다. 오철이가 내게 남긴 마지막 말은 "아버지"였다.

다리 근육에 힘이 없어 휠체어에 앉지 못하고 엎드려 두 팔꿈치로 상체를 지탱했던 권오철. 그는 에덴에서 만난 미숙이와 결혼하여 고향으로 내려갔지만 안타깝게도 암으로 일찍 세상을 뜨고 말았다. 육체가 부실해서 영혼으로 일한다고 했던 그는 내 마음속의 시인이다.

나는 육체로는 일을 못 해요.

너무 부실해서요.

그래서 나는 영혼으로 일해요.

권오철이 쓴 시다. 나는 그의 시를 적어 벽에 걸었다. 그는 에덴의 영원한 시인이다.

• 힘들어도 사랑은 한다

공동체 생활을 하면서 남녀 간의 연애는 피하려야 피할 수 없는 아름다운 사고다. 독산동 시절부터 에덴 사람들끼리의 연애는 끊임없이 이어졌다. 청춘남녀가 서로 좋아하는 모습은 보기만 해도 가슴이 설렌다. 하물며 사랑에 빠진 두 남녀의 가슴이야 말해 무엇 하랴.

하반신이 마비된 김호식은 채연옥을 사랑했다. 연애감정을 먼저 느낀 쪽은 연옥이었다. 시각장애인인 연옥이 호식에게 자판기 커피 한 잔을 건넨 것이 시작이었다. 노총각인 호식은 커피 한 잔에 담긴 따뜻한 마음에 넋을 잃었다. 점심시간이 되면 휠체어를 재빨리 밀어 연옥의 옆자리로 가 밥을 먹었다.

노총각인 정태웅도 주영숙을 사랑했다. 영숙은 한쪽 팔을 쓰지 못한다. 그렇지만 목발을 짚는 태웅을 위해 여섯 달 동안 밥을 대신 받아다 주었다. 한쪽 팔로 받아다 주는 식판에 태웅은 목이 메었다. 세상에 태어나 그처럼 뜨거운 밥을 먹어본 적이 없었다.

　개봉동 집을 증축하는 문제로 한창 어수선할 무렵, 다섯 쌍의 커플이 연애 중이었다. 점심시간이나 작업이 끝난 후에 어찌나 붙어 다니는지 '우리 지금 연애해요'라고 광고를 하는 것 같았다. 장애인올림픽 조직위원회의 조일묵 사무총장이 방문했을 때도 우리 앞에 커플들이 보이기에 내가 "요즘 에덴에서 제일 잘 되는 사업은 연애예요." 하고 농담을 했다. 그러자 조 총장은 "연애를 하면 결혼식을 올려줘야지 뭐 하고 있는 거요?" 하고 나무랐다.

　"집이라도 지어야 결혼식을 시켜주지요."

　"집이 무슨 상관이요? 내가 당장 추진주리다."

　조일묵 총장은 바로 결혼식을 준비시켰다. 그래서 1991년 4월 말, 개봉동 뒷산이 온통 푸르게 물들어갈 때 다섯 쌍이 합동결혼식을 올렸다. 식장은 서울 명동의 YWCA 대강당이었다. 그전에도 결혼식은 여러 차례 있었지만 그렇게 성대한 결혼식은 처음이었다. 어떻게 알았는지 신문기자들까지 와서 취재를 해갔다.

　결혼식이 시작되기 한참 전부터 복지원 식구들은 식장을 가득 채웠다. 휠체어를 타거나 목발을 짚고 참석한 동료들이 강당을 가득 메우고 천진한 웃음이 끊이질 않았다. 나도 에덴 식구들과 함께 하객석에 휠체어를 타고 앉았다.

　웨딩마치가 울리고 검정 양복을 차려입은 신랑들이 입장을 했다. 태웅이 목발을 짚고 들어서자 그 뒤로 가르마를 반듯하게 탄 단정한

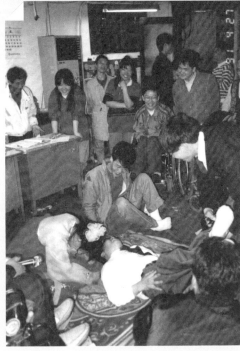

1991년 4월, 에덴에서 다섯 쌍의 신랑신부가 탄생했다. 아래 사진은 결혼식이 끝난 뒤 공장에서 결혼식 피로연을 하는 장면.

모습의 호식이 휠체어를 타고 들어섰다. 그리고 뒤이어 하얀 웨딩드레스를 입은 신부들이 들어섰다. 열두 폭 넓은 드레스 속으로 휠체어의 바퀴가 조용히 굴러갔다. 시각장애를 지닌 채연옥은 하얀 지팡이를 짚고 들어왔다.

다섯 쌍의 부부를 향해 조 총장이 주례사를 하였다.

"내 아내를 어느 여자와도 또 내 남편을 어느 남자와도 비교하지 말고, 나는 내 아내밖에 나는 내 남편밖에 없다고 생각하며 한평생을 살아가십시오. 오늘 우리 모두는 이들 부부로부터 진실하고 아름다운 사랑이 무엇인지를 보고 배워야 합니다."

주례사에 감동한 누군가 훌쩍이며 울기 시작했다. 눈물도 전염이 되는지 나도 눈물이 흘렀다. 신랑신부들이 돌아서서 인사를 하고 걸어 나올 때 우리는 손바닥이 터지도록 힘껏 박수를 쳤다. 그 후로도 연애는 끊임없이 일어났고 결혼식도 해마다 이어졌다. 그동안 에덴을 통해 결혼한 부부는 50여 쌍에 이른다. 파주로 이사 온 뒤에는 기혼자 기숙사를 마련해서 결혼한 부부가 집을 마련할 때까지 기숙사에서 살 수 있도록 했다. 여러 쌍의 부부들이 기혼자 기숙사에서 돈을 모아 보금자리를 꾸미고 떠났다.

조래중 역시 에덴에서 만난 정명과 결혼했다. 하반신이 불편한 조래중은 비닐봉투를 만들 때 에덴에 들어와 생산라인에서 원단 받기를 해왔다. 2002년에 키가 아주 작은 정명이 에덴에 들어왔다. 정명은 심장이 약했다. 에덴에 들어온 이듬해 심장판막 수술을 받았다. 몸이 아픈 정명을 위로하면서 두 사람은 사랑에 빠졌다. 다리가 불편하지

사랑에 국경만 없는가. 사랑엔 장애와 비장애의 경계도 없다.

만 튼튼한 심장을 가진 조래중을 정명의 부모님은 좋아하셨다. 조래
중의 부모님 역시 여성스럽고 애교가 많은 정명을 예뻐하셨다. 두 사
람은 5년의 달콤한 연애를 거쳐 결혼해서 지금껏 함께 일하고 있다.

에덴에서는 장애인들끼리만 결혼을 하는 건 아니다. 비닐 원료를
배합하는 일을 하는 최동욱은 비장애인이다. 96년에 에덴에 들어온
그는 역시 에덴에서 일하던 지적장애 2급인 여성과 사랑에 빠졌고, 2
년 만에 결혼에 골인하여 지금껏 행복하게 산다.

최동욱이 에덴에서 일하지 않았다면 장애인 여성과 사랑을 하게 되
었을까. 아마도 그러긴 힘들었을 거다. 에덴에서 일하는 동안 장애인

에 대한 편견이 서서히 없어지고, 그래서 장애 뒤에 숨은 그녀의 아름다움이 눈에 보이게 되었을 것이다. 사랑엔 국경이 없다는 말이 있듯이, 사랑엔 장애와 비장애의 경계도 없다. 다만 그 사랑을 가로막는 편견이 있을 뿐이다.

• 당신과 함께라면

파주에 땅을 사고 건축회사가 부도나서 난리가 났을 때, 아내는 유방암 수술을 받았다. 암은 이미 림프샘까지 전이되어 의사는 2년밖에 못 산다고 했다. 방사선 치료를 받으러 다니는 동안에도 나는 파주 공사장에 붙어있었다. 어쩌다 아주 늦은 밤에 병원에 가보면 아내는 핏기가 전혀 없는 창백한 얼굴로 누워있었다.

"이거 가져가세요."

아내는 병원 침대 밑에서 무언가를 꺼내주었다. 돈이었다.

"이게 뭐요?"

"아까 낮에 직원들이 와서 비닐 원료가 떨어졌다고 했어요. 원료는 현찰로만 살 수 있으니 얼른 가져가세요."

아내의 지갑은 불가사의했다. 사업장을 얻고 이사를 갈 때마다 큰돈을 가져가는데도 아내의 지갑엔 늘 돈이 있었다. 내가 에덴을 시작한 뒤 남편의 도움 없이 두 아들을 키우느라 아내는 안 해본 일이 없다. 심한 고생은 아내의 관절을 망가뜨려 손가락이 마디마디 휘어졌다.

그런 아내가 이번엔 또 갑상선암이라고 했다. 온몸의 맥이 다 풀리는 기분이었다. 심장이 나빠서 스텐트도 심어야 한다는데 암 수술은 또 어떻게 받을 건지 답답했다. 아내는 평소대로 덤덤한 얼굴이었다.

"안 무서워?"

"무섭긴 뭐가 무서워요? 저는 88년에 콩팥 하나 떼어낼 때 이미 하나님 나라에 한 발 넣어둔 사람인 걸요."

"아, 정말 당신 신장 수술도 했었지. 하도 정신없이 살아서 잊어버렸네."

"당신이 우리 가정에 대해 기억하는 게 뭐 있겠어요? 저는 평생 남편은 에덴에 주었다 생각하고 살았어요."

그러더니 기운이 없는지 스르르 잠이 들어버렸다. 늘 강철 같은 아내라 생각했는데, 잠든 모습을 보니 약하디약한 육신이었다. 맥없이 잠든 모습이 애처로웠다.

사고가 난 후 나는 심술 맞은 욕쟁이었다. 그것도 아내한테만 그랬다. 마음속에서 끓어오르는 화를 어쩌지 못해서 애꿎은 아내만 갖고 못 살게 굴었다. 삼발이 오토바이를 타고 일을 하기 시작하면서 괜한 트집을 잡아 아내를 괴롭히는 일이 없어졌다. 그동안 아내가 벌어주는 것을 얻어먹으며 산다는 자격지심과 열등감이 아내를 괴롭히는 걸로 나타났던 모양이다.

그 후로도 아내한테 따뜻하게 잘해줬던 기억은 없다. 늘 일이 먼저고 아내는 뒷전이었다. 아내는 돈을 벌어 아이들을 키우랴, 내 뒷바라지를 하랴 몸이 쪼개지도록 일했다. 에덴의 식구들이 계속 늘어나자 이화식품을 남에게 맡기고 복지원 식구들 치다꺼리를 도맡기도 했다. 80여 명이나 되는 식구들 세끼 밥을 하고 밤이면 아파트로 돌아가 아이들을 돌봤다.

복개천 위에 천막을 치고 지낼 때, 아내는 아이들 밥을 해주다가 늦어지면 어린 재성이를 데리고 천막에서 잤다. 새벽에 일어나 아침밥을 짓는 아내는 늘 목이 잠겨 말을 하지 못했다. 그래도 나는 "집에 들어가 편히 자라"고 말하지 않았다. 그렇게 말하면 한뎃잠을 자는 사람들한테 미안했기 때문이다.

초등학교에 입학한 재성이가 첫 소풍을 가던 날, 일에 쫓긴 엄마 대신 척추장애가 있는 에덴 식구의 손을 잡고 갔다. 혹시라도 학교 친구들이 놀리지 않을까 걱정이 되었지만 재성이는 개의치 않았다. '꼽추'는 세상의 그릇된 시선일 뿐, 재성이에겐 맘 좋고 예쁜 누나였을 뿐이다.

엄마가 보험 영업을 하러 나가면 어린 재성이는 형을 기다리며 혼자 놀았다. 그래선지 재성이는 말이 없고 생각이 많은 아이로 자라났다. 훗날 음악과 신학을 공부하게 된 것도 혼자 자랐기 때문이라고 했다. 그 말을 듣는 내 가슴이 쓰라렸다.

중학생이 된 재권이는 학교가 파하면 친구들과 함께 복지원으로 와서 놀곤 했다. 복지원 마당에서 공도 차고 야구도 했다. 누가 돌봐주지 않아도 공부도 곧잘 하고 친구들과도 잘 어울렸다. 작업장에서 일도 제법 거들었다. 중학교 2학년 때는 효도상을 받았다. 다들 착한 아이라고 칭찬을 하자 재권이는 "다른 아이들은 휠체어를 밀 일이 없잖아요. 제가 착한 게 아니라 아버지 덕분에 받은 거예요." 하고 말했다.

연애 시절의 아내와 나. 짧은 신혼생활 뒤에 찾아온 엄청난 일들을 묵묵히 견디며 아내는 나를 지켜주었다.

중학생 때 효도상을 받은 재권이는 사람들의 칭찬에 이렇게 말했다. "다른 아이들은 휠체어 밀 일이 없잖아요."

한번은 재권이에게 물었다.

"재권이는 아버지가 원망스럽지 않니? 자전거도 고물만 사주고……."

그러자 재권이가 이렇게 대답했다.

"괜찮아요, 저는 아버지가 운명이라고 생각해요. 운명은 그냥 받아들이는 거래요."

그러던 재권이는 군대를 제대하고는 아예 복지원에 붙어살다시피하며 아이들을 돌봤다. 가족의 이해와 희생 없이 내가 어찌 이 일을 혼자서 해왔겠는가. 특히 아내는 나의 가장 든든한 울타리였다.

병실에서 맥없이 잠든 아내를 바라보던 그날 밤, 나는 떨리는 마음으로 온힘을 다해 기도했다. 제발 아내를 내 곁에 있게 해달라고.

• 내가 자네한테 인생을 배우네

1973년, 서울대 약대에 합격한 어느 수험생이 소아마비란 이유로 최종면접에서 떨어진 일이 있었다. 이 문제로 온 나라가 시끄러웠다. 10여 년이 지난 80년대에도 장애인들에게 대학의 문턱은 높기만 했다. 농아나 맹아가 대학에 들어가면 화젯거리가 되어 신문에 실렸다.

회사에 들어가기란 대학입시와는 비교도 안 되게 힘들었다. 왼쪽 다리가 3센티 짧은 한 남자는 한양대학교 전자공학과를 졸업하고 120 군데에 원서를 넣었지만 최종면접에서 모조리 떨어졌다. 재벌그룹은 물론 중소업체도 그를 탈락시켰다. 공무원시험에서도 떨어뜨렸다. 이유는 오직 '경미한 소아마비'였다.

이런 상황 속에서 1985년 11월에 전국 장애인 부모대회가 열렸다. 지체장애와 청각장애, 시각장애, 지적장애, 자폐증 등의 자녀를 둔 800여 명의 부모들이 만든 모임이었다. 그들은 '장애인 자식을 숨기고 감추며 죄책감을 느끼던 것에서 벗어나, 이젠 이들의 보다 먼 장래를 위해 장애인 부모들 자신부터 사회인식을 변화시키는 데 앞장서자'고 선언했다. 그동안 쉬쉬하며 숨기던 장애자녀를 세상 밖으로 내놓는 움직임이 시작된 것이다. 정부에서 내놓는 거창한 계획이나 선언보다도 이러한 움직임이 마음에 닿았다. 더디지만 장애인에 대한 변화가 사회 곳곳에서 시작되고 있었다.

이런 중에 1988년 장애인올림픽이 열리게 되었다. 귀여운 곰 두 마리가 발을 묶고 2인3각 경기를 하는 모습의 마스코트도 선보였다. 장애인과 비장애인이 서로 힘을 합쳐 살아가는 것을 상징하는 거라고 했다. 그때 처음 조일묵 장애인올림픽 조직위원회 사무총장을 만났다. 그는 호랑이처럼 크고 용감해보였다. 작업장에 물난리가 났을 때 제일 먼저 담요를 보내준 것을 계기로 우리는 가까이 지냈다. 에덴에 어려운 일이 생기면 누구보다 먼저 그를 찾아 의논을 했고 그때마다 큰 의지가 되어주었다.

"장애인올림픽 준비를 위해 미국을 돌아보았는데, 그곳은 장애인 천국이더군. 도시 어디나 휠체어가 다닐 수 있고 장애인들을 위한 운동시설도 완벽했어. 장애를 가졌다고 차별받지도 않고 일반인들과 똑

같이 교육을 받고 직업훈련도 받는데 어찌나 부럽던지, 우리도 반드시 그런 날이 오도록 만들어야겠다고 결심했네."

그는 의욕에 넘쳐있었다. 그러나 상황은 좋지 않았다. 장애인 대표선수들은 곳곳에서 차별을 받았다. 육상선수들은 초등학교 운동장보다 작은 곳에서 훈련을 받았고 수영선수에게 제공된 풀은 경기용이 아닌 25미터짜리 일반 풀이었다. 게다가 일반선수와 장애인 선수의 하루 식대도 차이가 났다. 심지어는 장애인에 대한 일반인들의 인식이 좋지 않으니 장애인 선수들은 합숙소를 나와 돌아다니지 말라는 지침까지 내려왔다. 장애인 선수가 금메달을 따도 상금을 비롯한 혜택이 전혀 없다는 것도 문제가 됐다. 이런 모든 불만이 사무총장에게로 쏟아졌다.

"장애인 선수들을 차별한다고 말이 많던데요?"

"그럴 만도 하지. 나도 귀가 있어 다 듣고 있다네."

"연습장 같은 건 어떻게 해결이 안 되나요?"

"일반선수들한테 줄 연습장도 부족한 형편이니 뭐라 할 수도 없는 처지야."

"그러니 먹고살기도 힘든데 뭔 올림픽이냐고, 장애인들 사이엔 불만이 많습니다."

"여보게, 장애인올림픽을 개최하는 건 우리나라의 장애인 복지제도가 잘되어 있기 때문이 아닐세. 두고 보게, 장애인올림픽을 계기로 장애인 복지제도에 획기적인 개선이 일어날 걸세. 올림픽을 기회로 우리는 장애인의 복지에 대한 관심과 이해를 끌어내야만 하네."

그의 말이 옳았다. 올림픽이 열리고 난 후 우리나라는 장애인에 대한 인식에 많은 변화가 일어났다. 올림픽 이전과는 확실히 다른 세상이 열리게 된 것이다.

조일묵 총장은 올림픽이 끝난 후에도 장애인 재활협회를 맡아 장애인 복지를 위해 일했다. 그러다 당뇨가 심해져 건강이 급격히 나빠졌다. 투석을 해야 할 정도로 몸이 망가져 내가 에덴으로 모셨다. 여미향 조리과장에게 특별히 부탁해서 당뇨병에 맞는 식단을 준비하도록 하며 친형님처럼 대하고 의지했다. 그러나 결국 가족이 있는 미국으로 떠났다.

조일묵 총장이 떠나자 허허벌판에 선 기분이었다. 바로 그때 적십자사 총재를 지낸 서영훈 씨가 찾아왔다.

"조 총장이 떠났으니 이제부터는 내가 정 이사장을 도와줘야지."

정말 뜻밖의 말이었다. 서 총재는 장애인 관련행사를 할 때 멀리서 보기만 했을 뿐 개인적으로는 아무런 교류가 없었다. 그런데 마치 각본이라도 쓴 것처럼 때맞춰 나타난 것이다. 그 후로 그분은 내가 곤란한 지경에 빠지면 구리의 집에서 한걸음에 달려오곤 했다. 직업재활시설을 늘리기 위해 동분서주할 때도 내 일처럼 앞장서서 나를 데리고 언론사를 돌아다니며 도와주었다. "총재님은 저한테 왜 이렇게 잘해주십니까? 저는 해드릴 것도 없는데." 하면 그분은 이렇게 말했다.

"자기 몸도 못 가누는 사람이 100명이 넘는 아이들을 돌보는데 내가 하는 일이 무어 대수인가? 내가 평생 적십자 일을 했지만 자네보다 한 게 없네. 이 세상에 태어나는 생명은 모두가 귀한 존재네. 장애가 있거나 장애가 없거나 모두 하나님으로부터 받은 소명이 있지. 하나님으로 받은 소명을 다해야 하니 노동은 가치가 있는 것이네. 그런데 장애가 있다는 이유로 노동으로부터 소외당하고 인간적인 대우를 받지 못하는 건 단순히 일을 못 해서 돈을 못 번다는 것 이상의 고통일세. 그러니 자네가 하는 일은 직업재활이 아니라 장애인의 생명재활이네."

그분의 말을 들으며 나는 울었다. 눈물이 솟아나와 얼굴을 적셨다.

"나는 자네가 하는 일이 우리나라는 물론 우리보다 못한 조건에서 인간적인 대우를 받지 못하는 여러 나라들로 전파되어야 한다고 생각하네. 그래서 이 세상의 더 많은 장애인들이 일자리를 얻고 존엄성을 회복해서 인간답게 살도록 해야 하네. 내가 보기에 에덴은 그런 고용모델이 충분히 될 수 있다네. 내가 나이가 많아 별 도움이 되지 못하니 안타까울 뿐이야."

그날 나에게 향기로운 언덕이란 뜻의 '형원'이란 호도 지어주었다.

"내 호가 '도원'일세. 이제 자네는 내 동생이고 나는 덕환 씨 형이야. 내가 자네한테 인생을 배우고 있다네."

서영훈 씨는 그 후 기꺼이 에덴복지재단의 후원회장을 맡아 지금까지 많은 도움을 주고 있다.

일을 하지 않았다면 기초생활수급자가 되어 나라의 복지혜택만 기다렸을 우리들이
일을 함으로써 자기 자신의 삶도 꾸리고 국가에 세금도 낸다.
일자리를 통해 자아실현도 하고 국민으로서의 의무도 당당히 해낸다.
나라의 지원을 받아서 살아야 하는 수혜적인 삶에서 벗어나
생산적인 삶의 주인공이 되는 것이다.

6장

일이 없으면 삶도 없다

• 목표는 매출이 아니라 고용이다

공장을 파주로 이전한 후, 개봉동 공장 건물을 고쳐서 에덴장애인복지관과 장애아어린이집을 개관했다. 장애아동이 있는 가정은 여러모로 어려움을 겪게 된다. 어린이집은 장애아를 위한 교육장이기도 하지만 장애아동을 둔 가정을 위한 쉼터이기도 하다.

에덴장애인복지관은 장애인들에게 감각치료나 작업치료를 통해 직업을 가질 수 있게끔 능력을 개발하는 데 힘을 쓰고 있다. 재활교육을 받은 장애인들 중에는 중소기업체에 취직을 해서 나가는 경우가 꽤 있다. 그러나 비장애인들과 함께 일하면서 서로 어울리지 못하고 소외당하는 데서 오는 스트레스를 견디지 못하고 1년 이내에 그만두는 경우가 허다했다.

이렇게 일반기업체에서 적응하지 못한 장애인들 중에는 파주로 와서 우리와 함께 일하는 사람도 있다. 파주 에덴하우스에 오면 그들은 얼굴부터 환해진다. 비장애인들 속에서 주눅 들고 위축됐던 마음이 편안하게 풀어지기 때문이다. 에덴의 식구가 되면서 나타나는 변화를 지켜보면서 내 속은 분주해진다. 문제는 고용이다.

파주로 이전한 이후 에덴하우스는 쓰레기종량제 덕분에 큰 걱정 없이 돌아갔다. 2002년에 37억 원이던 매출이 해마다 크게 늘어 2005년에는 139억 원이 되었다. 덕분에 사람들 급여도 많이 올라 최저임금을 넘어선 지 오래였다. 그러나 장애인 근로자의 수는 매출만큼 늘어나지 않았다. 아무리 일자리를 늘리려 애를 써보아도 100명을 넘어서기가 힘들었다.

장애인들 사이에선 에덴이 인터넷 인기검색어 1등이다. '꿈의 직장'으로 불린다. 그렇지만 나로선 도저히 만족할 수 없었다. 내 목표는 매출이 아니라 고용에 있었다. 고용이 늘어나지 않는 매출액은 아무런 의미도 없다. 나는 오랜 기도의 동역자인 나사렛대학의 김종인 교수한테 도움을 청했다.

"아무리 애를 써도 고용을 늘리는 방법이 없는데 어쩌면 좋겠소?"

"지금 사업으로는 불가능하지요. 수주를 더 따온다 해도 생산라인이 뻔하니까요. 그러지 말고 신규 사업을 해보시면 어떨까요?"

"어떤 거 말이요?"

"영국의 직업재활시설인 렘플로이(Remploy)도 처음엔 270명으로 시작했지요. 그러나 지금은 1만 명이 넘는 장애인들의 일터가 되었습니다. 여기서 만드는 물건은 아주 다양합니다. 자동차 부품에서부터 IT 부품, 포장, 인쇄, 가구까지 못 만드는 게 없을 정도입니다."

"그렇게 큰 규모가 물건을 팔아서 운영이 됩니까?"

"그렇진 않지요. 렘플로이도 직접 물건을 팔아서 얻는 수익은 30~40퍼센트 정도고 나머지는 국가의 지원을 받아 운영을 합니다. 특히 건물이나 기계, 설비 같은 초기투자 비용이 많이 드는 것은 거의 국가에서 지원을 해주지요. 또 스웨덴의 삼할(Samhall) 공장이란 데도 규모가 아주 큽니다. 장애인 2만 8천여 명이 일하고 있으니까요. 여기도 볼보자동차 부품을 만들고 청소나 빌딩 관리도 하고 가구도 만듭니다."

"거기 이야기는 나도 많이 들었어요. 작업장이 700개가 넘는다고 하더군요."

"그것도 계속 늘어나 벌써 800개가 넘었을 겁니다. 삼할은 정부출자 기업이니까 에덴하고는 비교할 수 없지요."

"김 교수는 우리가 무얼 할 수 있을 거 같습니까?"

"뭐든지 할 수 있지요. 에덴이 처음 시작할 때를 생각해보세요. 그때야말로 캄캄한 어둠 속을 더듬거리며 시작하신 거잖습니까?"

"그렇지요. 나는 직업이 재활이 된다는 거를 알고 시작한 게 아닙니다. 장애인도 떳떳한 직업인이 되어야 비장애인들처럼 가정도 꾸리고 일터로 출퇴근도 하면서 인간답게 살아갈 수 있다는 생각 하나만으로 시작한 거지요. 그런데 하다 보니 일자리가 단순히 돈을 번다는 것 이상이라는 걸 알게 되었습니다. 팔을 못 쓰던 사람이 팔을 쓰게 되고, 말을 못하던 아이가 말을 하게 되고, 눈도 못 마주치던 아이가 먼저 다가와 하이파이브를 하게 되는 게 정말 놀라웠습니다. 일이 그 아이들을 살려낸 거지요. 직업이 재활의 꽃이란 걸 몸소 체험한 겁니다.

그걸 알고부턴 일자리 하나하나가 얼마나 소중한지 몰라요. 일자리 하나에 장애인 한 명이 살아나는 거 아닙니까? 그런데 이제 제 한계에 다다랐어요. 에덴하우스는 더 이상 고용을 늘리지 못합니다. 그 생각을 하면 도무지 잠이 안 와요."

"이참에 새 사업을 시작해 보세요. 이번에는 중증장애인들이 더 많이 고용될 수 있는 사업모델을 만들어 보십시오. 장애인들에게 일자리를 만들어주는 직업재활이야말로 진정한 복지입니다. 장애인을 기초생활수급자로 생각하는 사회의 편견을 확 깨부술 멋진 사업을 시작해보십시오."

"마음이야 늘 그렇지만 돈이 있어야 뭘 시작해보지요."

"이사장님이 언제는 돈이 있어서 일을 하셨습니까? 하하하."

정말 그랬다. 언제는 돈이 있어서 일을 벌였던가. 나는 중증장애인들을 최소 100명 이상 고용할 수 있는 사업을 궁리하기 시작했다.

우리나라에서 장애인에 대한 근대적인 사회복지사업이 시작된 것은 1950년이라고 한다. 한국전쟁으로 생겨난 고아와 장애인들을 수용하고 보호하는 차원의 복지사업이었다. 실제적인 사회복지사업이 시작된 것은 1981년 세계장애인의 해를 맞아서였다. 심신장애복지법이 생겼고 보건사회부에 재활과란 장애인 전담부서가 생겼다. 그리고 1982년 7월 1일부터 장애인 취업알선을 시작했고 1986년 6월에 보호작업장을 설치했다.

장애인 보호작업장이란 근로 능력이 낮은 장애인에게 근로 기회를 제공하고 노동의 대가로 약간의 임금을 지급하는 시설이다. 이런 보호작업장은 비장애인과 어울릴 수 있는 기회를 빼앗아갈 뿐만 아니라 훈련비 정도의 임금으로는 실질적인 경제문제 해결책이 되지 못했다. 결국 중증장애인을 일반사업장에 배치한 후에 작업 현장에서 훈련을 시켜 비장애인과 함께 일하도록 하는 형태로 변화해 나갔다.

독산동에 방을 얻어 에덴복지원을 시작한 것은 1983년이었다. 일감도 없이 철제 빔에 선반을 달아 작업대를 만들고 '중증장애인 자립작업장'을 설치했다. 우리나라에 정식으로 보호작업장이 설치된 1986년보다 훨씬 먼저 중증장애인 직업재활시설을 만든 것이다. 보호고용이니 지원고용이니 하는 복잡한 말도 모르는 채였다. 에덴이 장애인 직업재활시설로 인가를 받은 것은 1990년이었다. 장애와 복지의 역사를 공부하면서 무모하지만 뜨거운 열정에 불탔던 지난날들이 주마등처럼 스쳐갔다.

• 카주오 이토가 상과 덩푸팡

2004년 1월 31일, 나는 일본에 갔다. 일본의 카주오 이토가(系賀一雄) 기념재단에서 주는 제7회 카주오 이토가 기념상을 받으러 간 것이다. 아시아태평양 지역의 장애인 인권 향상을 위해 노력한 사람에게 수여하는 상으로 아·태지역 장애인들의 노벨상으로 불린다고 했다.

카주오 이토가는 1924년에 일본 시가 현에서 태어나 정신지체 장애아시설인 오우미 학원(近江學園)을 설립했다. 58세로 사망하기 전까지 장애인 인권 향상과 장애인 복지를 위해 헌신했다. 카주오 이토가 기념재단은 장애인의 인권과 장애인 복지를 향상시키기 위해 노력한 인물을 선발해 상장과 함께 1인당 200만 엔의 상금을 준다. 나는 한국인으로선 처음으로 이 상을 받았다. 상금으로 받은 2,100만 원은 장애인 선교와 직업재활센터를 건립하는 비용으로 썼다.

이 상을 수상한 사람으로는 중국의 덩푸팡(登撲方)이 있다. 덩푸팡은 중국의 국가주석을 지낸 덩샤오핑(登小平)의 장남이다. 문화혁명 당시 덩샤오핑은 반역자로 몰려 모든 당직에서 파면 당했다. 이때 물리학도였던 덩푸팡도 반역자로 몰려 방사성 물질로 오염된 실험실에 갇혔다. 덩푸팡은 수도관을 타고 탈출을 시도하다 건물 옥상에서 추락했다. 척추에 중상을 입은 그는 하반신마비장애인이 되고 말았다. 세상이 바뀐 후 덩푸팡은 중국 장애인협회 회장으로 장애인들의 삶을 개선시키는 일에 헌신했다.

"새로운 21세기에는 육체적 장애는 더 이상 걸림돌이 될 수 없습니다."

2002년 세계 장애인엑스포에 참석하기 위해 부산에 왔던 덩푸팡이 한 말이다. 덩푸팡은 '비록 몸이 불편한 장애인일지라도 교육의 기회만 주어진다면 정보통신 사회에서 충분히 고부가가치를 창출할 능력을 가지고 있다'고 역설했다.

덩푸팡은 1980년대에 6천만 명에 달하는 장애인 재활센터를 시작한 뒤 88년 중국 장애인재단(CDPF)을 설립했다. 이어 그는 장애인들의 권리를 위한 법률 제정을 추진해 91년부터 장애인들의 교육 · 취

에덴은 복지관과 근로시설이 결합된 '생산복지 모델'이다. 장애인 복지의 가장 바람직한 모델로 인정을 받아 국제노동기구(ILO)에 등록되었다.

업·의료 방면의 권리보장을 지원했다. 그의 노력으로 1983년 이후 880만 명이 재활훈련을 받았고 장애어린이들의 취학률도 5퍼센트 미만에서 74퍼센트로 높아졌다. 또 특수훈련학교도 500개에서 1,600개로 늘었다.

덩푸팡의 말은 내가 항상 해오던 말이었다. 나는 멀리 있는 그가 나의 이웃인 것처럼 느껴졌다. 얼마 지나지 않아 나는 오사카 포럼에서 덩푸팡을 만났다. 휠체어에 앉은 덩푸팡이 역시 휠체어에 앉은 나한테 악수를 청했다. 내가 팔을 내밀었다. 내 손을 덥석 잡아 쥐고 악수를 하려던 덩푸팡이 깜짝 놀랐다. 내 손은 악수를 하지 못한다. 힘없이 늘어지는 내 손을 그가 두 손으로 마주잡아 주었다.

"나는 하반신마비입니다. 그런데도 이렇게 힘이 드는데 어떻게 전신마비로 장애인 사업을 하십니까? 정말 대단합니다."

"무슨 말씀을요, 저는 아주 작은 공장을 하고 있을 뿐입니다."

"제가 하는 일은 국가의 힘으로 하는 겁니다. 당신처럼 자기 삶을 바쳐서 하는 일이 더 힘들고 대단합니다."

덩푸팡은 말수가 적다. 그날 그로서는 나를 향해 아주 많은 말을 한 것이었다. 우리는 그 다음해 베이징에서 열린 유엔 장애인 권리협약 모임에서 또 만났다. 그는 메인테이블에 내 자리를 마련해놓고 자기 옆에 앉게 했다. 모임이 끝난 다음에는 간담회도 가졌다. "저는 매출이 늘어도 고용이 늘지 않아 고민이 많습니다. 어떻게 장애인 일자리를 마련하시는지요?" 하고 내가 먼저 물었다. "중국엔 6천만 명의 장애인이 있습니다. 이 중에서 600만 명이 충분한 음식과 옷을 공급받지 못하고 있습니다. 부끄럽지만 중국 장애인 1천만 명이 빈곤층입니다. 우리에겐 지금보다 훨씬 더 많은 일자리가 필요합니다."라고 그는 속마음을 털어놓았다.

정부의 정책을 좌지우지할 정도의 권력을 지닌 그에게도 장애인 일자리는 여전히 큰 고민거리인 모양이었다. 그 후 베트남에서도 덩푸팡을 만났지만 당내 서열이 높은 사람이라 보좌진들의 경호가 삼엄해서 더 이상의 사사로운 정은 나누기 어려웠다.

덩푸팡과 같은 다른 나라의 장애인들과 교류를 하면서 시설들 사이에도 국제적인 교류가 필요하다는 생각을 했다. 더구나 외국에는 우리와 같은 생산복지 모델이 없는 거 같았다. 에덴복지재단의 특징은 뇌성마비와 지적장애 등 다른 작업장에서는 일할 수 없는 중증장애인들이 모여 생산을 하고, 복지관과 근로시설이 결합된 '생산복지 모델'이다. 에덴은 장애인 복지의 가장 바람직한 모델로 인정을 받아 국제노동기구(ILO)에 처음으로 등록이 되었다. 새마을운동처럼 장애인들 스스로 자기 운명을 개척해서 새 삶을 살아나가는 모델이 된 것이다. 나는 에덴을 외국에 전파해서 세계의 장애인들이 일을 통해 자기 존재가치를 깨닫는 행복을 느끼게 해주고 싶었다.

김종인 박사를 중심으로 매형과 주변인들의 도움을 받아 중국과 대만의 장애인협회로 글로벌 네트워크에 관한 서류를 보냈다. 기다렸다는 듯이 즉시 답장이 왔다. 중국 장애인연합회에서는 '어느 국가든 장애인들이 사회에서 할 수 있는 일을 찾아주는 것이 가장 중요하다'는 덩푸팡의 답장을 보내왔다. 한국어와 영어, 중국어 서류가 오고가기를 1년여, 대만 사회복지시설인 희락보육원과 자매결연을 하였다.

그리고 2004년 8월에 한·중 직업재활 네트워크 세미나가 열렸다. 2004년 당시 우리나라의 직업재활시설은 222곳, 장애인복지관은 126곳이었다. 등록된 장애인은 150만 명. 이들 중 고용 장애인 수는 36.1퍼센트인 53만 6천 명, 이들이 생산해내는 품목은 쓰레기종량제 봉투를 비롯해서 총 20가지 품목에 지나지 않았다. 300인 이상 고용업체들에게 할당된 2퍼센트 의무고용조차 잘 지켜지지 않아 실제 의무고용비율은 1.18퍼센트였다. 직업재활을 가르치는 학교 역시 몇 학교가 되지 않았다.

그런 상황에서 우리가 스스로 만들어낸 에덴의 생산복지 모델은 외국인 참가자들의 대단한 관심을 모았다. 그들의 격려에 힘입어 에덴을 국제적인 표준모델로 만들고 싶었다. 상당히 구체적인 작업설계도가 그려지기도 했다. 하지만 모든 것이 현실화되기엔 어려운 고비가 너무 많아 아직 실현은 되지 못했다. 한·중 합작의 에덴하우스는 아직도 진행 중이다.

• 실로암 연못의 기적

중증장애인들에게 일자리를 주는 곳은 거의 없다. 2009년 당시 중증장애인 직업재활시설이 300여 개 있었지만 실질임금과 고용이 보장된 일자리는 아니었다. 일반기업들은 장애인 의무고용법이 있지만 장애인을 고용하지 않고 부담금을 내는 곳도 많았다.

중증장애인의 일자리를 만들기 위해 나는 다수고용사업장에 도전해보기로 했다. 중증장애인 다수고용사업장이란 장애인 근로자 100명 중에서 중증장애인을 60명 이상 고용해야 하는 사업장이다. 생산활동에 유리한 지체장애인보다는 지적장애인들을 다수 고용하는 사업을 하기로 마음먹었다. 역시 아이템이 문제였다. 비닐봉투를 만들때처럼 다들 모여서 머리를 맞댔다.

"세상의 흐름에 맞춰 IT 사업을 해야 합니다."

"아니에요, IT는 변화가 너무 빨라서 우리가 쫓아가기 힘듭니다. 그보다는 이제 뜨기 시작한 LED 산업을 해야 합니다."

"IT든 LED든 다 좋긴 한데 우리들 중에 그 사업에 대해 자세히 알고 있는 사람이 있습니까? 신문이나 텔레비전에서 본 것만 갖고 이야기하시면 곤란하지요."

"그 말씀이 맞습니다. 전자산업이라곤 하지만 우리가 전자패널에 부품 끼워 넣던 생각을 하시면 안 됩니다. 세상이 많이 변했어요."

우리의 고민은 끝이 없었다. 어떤 사업을 해야 사업성이 있는지, 어떤 사업이라야 지적장애인들이 더 많이 일할 수 있는지 답을 찾기는 쉽지 않았다. 그럴 때 누군가 주방세제를 만들자는 의견을 냈다.

"세제는 가정생활의 필수품이니까 세상이 아무리 변해도 사용하게 될 겁니다. 또 경기가 나빠도 크게 바람을 타지도 않을 거고요. 비닐 원료를 들여와서 비닐봉투를 만들 듯이, 좋은 원료를 들여와 품질이 좋은 세제를 만든 다음 용기에 담고 상표를 붙이는 등의 뒷작업은 우리 식구들이 할 수 있지 않겠어요?"

"정말 그렇군요. 좋은 세제를 만드는 것은 연구소에 의뢰를 하면 되겠지요."

"기왕이면 환경을 해치지 않는 친환경 세제를 만듭시다."

장애인들이 할 수 있는 뒷작업이 많다는 말에 주방세제를 하기로 결정했다. 그러자 주변의 반대가 거셌다. 사업경험이 많은 사람일수록 말도 안 되는 아이템이라고 말렸다.

"아무리 고용이 중요하다지만 사업이 안 될 걸 뻔히 알면서 주방세제를 만들겠다는 거요? 주방세제는 이미 대기업들이 포진하고 있는 사업인데 장애인 제품이 그 속에 들어가 동등하게 경쟁할 수 있겠어요?"

"장애인 딱지가 없는 물건이라야 한다는 건 이미 예전에도 귀에 못이 박히게 들었습니다. 하지만 그렇게 소극적으로 대처해서는 장애인들이 만들 수 있는 상품이 아무것도 없습니다. 그래서는 장애인의 고용이 늘어날 수가 없습니다."

"대기업과 어떻게 경쟁할 건데요?"

"진실하게, 품질 좋은 제품을 만든다면 소비자의 마음은 저절로 따라올 겁니다. 이미 결정했으니 더 이상 반대는 마시고 잘되도록 도와주십시오."

주위에서 뭐라고 하든 천연성분의 질 좋은 세제를 만들기 위한 연구를 시작했다. 그리고 공장을 지을 돈을 마련하기 위해 정부에 도움을 청했다. 중증장애인 다수고용사업장이란 어려운 일을 하는데 당연히 도움을 얻을 수 있으리라 생각하고 사업계획서를 제출했다. 그런데 어디서도 소식이 없었다.

다급해져서 주변사람들한테 부탁을 넣었다. 개인적으로 알고 있는 어느 관료에게도 도움을 청했다. 장애인 관련 부서는 아니지만 정부 일을 하고 있으니 우리가 만든 서류를 보면 무엇을 보완해야 하는지 잘 알 수 있을 터였다. 그는 서류들을 꼼꼼히 검토해 조언해주고 사업 방향도 바로잡아주었다.

"안 나올 돈이 나오도록 할 수는 없습니다. 하지만 정부가 원하는 걸 제대로 표현해주는 게 중요합니다. 신규 사업인 만큼 더 철저하게

중증장애인의 생산품이라는 벽을 넘기 위해 품질에 최선을 다했고, 최고의 친환경 세제를 만들기 위한 노력은 안전마크 획득이라는 결실로 이어졌다.

애경의 설비시스템 및 관리체계 지원으로 대량생산이 가능해진 형원은 현재 OEM생산으로 연 4천 톤의 업소용 주방세제를 납품하고 있다.

준비를 해야 합니다."

그의 아버지는 장애인이었다. 할머니는 몸이 불편한 아버지를 돌보며 농사를 지었다. 장애가 있는 아들을 건사하며 농사를 지은 것은 여자 혼자 몸으로 여간 힘든 일이 아니었다. 그러나 할머니가 교회를 다닌다는 이유로 동네 사람들은 농사를 전혀 도와주지 않았다. 하는 수 없이 서울로 이사해 고단한 삶을 살았다. 그는 장애인의 아픔에 대해 잘 알고 있었다. 가족 중 장애인이 있을 때 얼마나 힘든 상황이 되는지도 경험을 통해 알고 있었다. 그래서 장애인도 당당한 생활인이 되어야 한다는 데 뜻을 같이하고 기꺼이 에덴의 일을 도와주었다.

"중증장애인을 60명 이상 고용하는 훌륭한 사업이니 반드시 예산이 나올 겁니다. 믿음을 갖고 기다리세요." 하더니 그의 말대로 정부 예산이 배정됐다. 사업예산은 국비 12억 원, 시비 12억 원 등 총 24억 원이었다.

에덴하우스 옆으로 새 건물을 짓기 시작했다. 이름은 '형원'이라고 지었다. 다른 기업이라면 주방세제를 만드는 작업을 모두 자동화해 수익을 올릴 것이다. 그러나 우리는 장애인들이 일할 수 있는 자리를 만드는 게 더 중요했다. 비닐봉투를 만들 때처럼 모든 공정을 세분화해서 중증장애인이 참여할 수 있는 공정을 찾아내기 위해 머리를 모았다.

원료를 구매하고 재고를 관리하는 데는 숫자 개념이 있어야 하므로 경증장애인을 배치해야 했다. 생산된 세제가 플라스틱 용기에 담길 수 있도록 빈 용기를 배치하고 자동공기투입이 되는 현장은 중증장애인들에게 맡기고, 용기에 상표를 붙이는 일은 중증장애인 중에 손재주가 좋은 사람을 시키기로 했다. 또 세제가 투입된 파우치의 품질을 검사하고 박스로 포장하는 일은 중증장애인과 경증장애인들이 짝을 이뤄 일하도록 작업배치를 마쳤다.

그리고 다른 곳에서는 일자리를 얻기 어려운 중증장애인 30여 명을 골라 뽑았다. 주로 지적장애인들을 생산라인에 배치했다. 단순한 일이지만 손에 익히기까지는 여러 달이 걸렸다.

오랜 준비 끝에 작업이 시작됐다. 기계가 돌아가고 주방세제를 생산하기 시작했다. 예상했던 대로 지적장애인들의 작업속도는 한없이 느렸다. 그러나 시간이 지나면서 서서히 속도를 높여갔다. 세제를 넣고 상표를 붙이는 솜씨 또한 날이 다르게 깔끔해져 갔다. 형원의 완제품 생산능력은 하루 평균 5톤에 불과했다. 어느 정도나 판매가 될지 몰라 조심스럽게 시작한 것이다.

생산량보다도 우리가 열정을 기울인 것은 품질이었다. 중증장애인 생산품이란 한계를 넘어서기 위해선 오로지 실력뿐이라는 걸 이미 종량제 봉투에서 배웠다. 화학물질이 분해되지 않는 주방세제는 가족의 건강을 해치고 강물을 오염시킨다. 그런 걱정을 말끔히 씻어낼 수 있는 세제를 만들기 위해 모든 노력을 기울였다. 개발이 늦어지고 투자비용이 늘어나도 개의치 않고 좋은 재료를 써서 다양한 실험을 계속했다. 그 결과 99퍼센트가 자연분해 되는 친환경 세제를 만들 수 있었다. 자연과 가장 가까운 세제를 만드는 데 성공한 것이다. 우리는 친환경 세제에 알맞게 '그린키스'란 이름을 붙였다. '그린키스'는 환경 친화 제품에만 주는 안전마크를 획득했다. 우리의 기술이 공식적으로 인정을 받은 것이다.

"됐어! 우리 세제가 최고의 품질을 가졌다는 걸 나라에서 증명해줬으니 소비자들이 알아줄 거야!"

"중증장애인 생산품이니 의미도 있고, 안전마크를 따서 품질도 좋으니 금상첨화입니다."

"그런데 주부들이 안전마크를 알아볼까요?"

"알아볼 겁니다. 요즘 주부들은 과자 봉지에 적힌 작은 글씨까지 다 읽는답니다."

"그렇다면 시장은 우리 것이네요. 자신 있게 시장으로 나가봅시다!"

최고의 품질을 자랑하며 판매에 나섰지만 '그린키스'는 영 팔리지 않았다. 아니 팔릴 기회조차 얻기 어려웠다. 대기업들이 선점한 시장에 장애인 생산품은 바늘 하나 꽂을 자리가 없었다. 대형마트는 입점조차 되지 않았다. 가까스로 롯데마트에만 입점할 수 있었다. 장애인들이 만든 상품이 대형마트에 입점한 것은 '그린키스'가 처음이라고 했다.

그러나 대형마트에 입점하였다고 그린키스가 팔리는 건 아니었다. 적자가 쌓여갔다. 형원을 맡은 홍성규 원장의 얼굴에서 웃음이 사라졌다. 나도 동창회며 사사로운 모임마다 세제를 들고 다니며 팔아달라고 해봤지만 후발주자에 군소업체, 게다가 중증장애인의 생산품이란 3중의 벽을 넘기 어려웠다.

이렇게 어려움에 빠져있을 때 애경에서 OEM생산을 부탁해왔다.

실로암 연못의 기적은 저절로 일어나지 않는다. 나를 살리려는 노력이 먼저 있어야 한다. 하나님이 주신
1퍼센트의 달란트를 99퍼센트의 땀과 눈물로 키워낸 에덴의 사람들. 사진은 개봉동 시절의 모습이다.

그러나 하루 5톤에 지나지 않는 생산능력으로는 애경의 주문을 채울
수 없었다. 애경은 형원의 생산능력을 높이기 위해 8개월 동안 다양
한 개선사업을 벌였다. 실무진이 스무 번도 넘게 찾아와서 대량생산
이 가능하도록 설비시스템과 관리체계를 만들어주었다. 품질관리를
맡은 사람들한테는 직무교육까지 직접 해줬다. 그 덕분에 하루 평균
완제품 생산능력이 20톤 이상으로 늘어났다. 형원은 현재 애경에 연
4천 톤의 업소용 주방세제를 납품하고 있다.

성경 요한복음 9장에는 실로암 연못 이야기가 나온다. 나면서부터

시각장애를 가진 사람이 눈을 뜨기 위해 예수님을 만난다. 예수님은 시각장애인의 눈에 진흙을 발라준다. 그리고 1.2킬로나 떨어진 실로암 연못에 가서 씻으라고 말한다. 시각장애인은 눈가에 진흙을 바른 채로 실로암 연못까지 걸어가 눈을 씻고 광명을 얻는다.

실로암 연못 이야기는 내게 많은 걸 생각하게 했다. 왜 예수님은 그 자리에서 당장 눈을 뜨게 하지 않았을까. 왜 굳이 실로암 연못까지 가서 씻으라 하였을까. 기적을 일으키는 것은 예수님이 아니라 나 자신이다. 내가 실로암 연못까지 걸어가서 눈을 씻어야 기적이 일어난다. 나한테 재활의 의지가 있고, 나 스스로 재활을 위한 노력을 해야만 기적이 일어난다. 기적은 거저 받는 게 아니다. 나를 살리려는 노력이 먼저 있어야 한다.

형원은 지금도 연 2억 원의 적자를 내고 있다. 중증장애인 60명 고용이란 목표도 아직 달성하지 못했다. 그러나 앞으로 5년 내에 장애인 근로자를 100명으로 늘리고, 월 70~90만 원 수준인 지금의 임금도 에덴하우스 수준으로 올릴 것이다. 우리의 모든 노력이 합해져 반드시 형원의 기적, 중증장애인 다수고용사업장의 기적을 만들 것이다.

• 1030, 일이 없으면 삶도 없다

나는 2009년에 한국장애인 직업재활시설협회의 회장이 되어 깅에인 직업재활시설 전체를 돌아볼 수 있게 되었다. 전국에 470여 개의 직업재활시설이 있지만 급여를 제대로 줄 수 있는 곳은 얼마 되지 않는다. 그나마 취업률도 낮고 실업률이 높으니 경제적으로 빈곤한 삶을 살아갈 수밖에 없다. 일이 없으니 가족이나 친척, 혹은 국가의 복지에 의존하며 살아간다. 이것이 지금 우리 장애인들의 실상이다.

10월 30일은 장애인 직업재활시설협회장의 이취임식 날이었다. 나는 그날을 의미 있게 쓰고 싶어 궁리를 하다가 전재희 보건복지부장관한테 '장애인 직업재활의 날'을 만들 것을 제안했다. 1년에 단 하루만이라도 장애인에게 직업이 얼마나 중요한지를 생각해보도록 환기하고 싶었다. 그랬더니 10월 30일을 직업재활의 날로 정한다는 반가운 연락이 왔다.

제1회 직업재활의 날을 어떻게 치러야 할지를 계획하느라 회의가 열렸다. 처음 하는 행사라 다들 의욕이 넘쳤다.

"직업재활의 날을 기억하게 할 만한 아이디어들을 내봅시다."

"슬로건을 만들면 좋을 거 같은데 마땅한 거 없을까요."

"직업은 생명이다, 어떤가요?"

"너무 딱딱하지 않아요?"

"나도 일하고 싶어요, 이거는요?"

의견이 분분했지만 이거다 싶은 게 없었다. 좋은 생각이 떠오르지 않을 때면 나는 글씨를 쓴다. 그날도 엄지와 검지 사이에 사인펜을 끼우고 스프링 노트에 10월 30일을 떠올리며 1030이라고 썼다. 그런데 1030이라는 숫자를 보니 문득 '1(일) 0(zero) 3(삶) 0(zero)'이란 아이디어가 떠올랐다.

"1030, 일이 없으면 삶도 없다, 이거 어때요?"

내가 묻자 "일이 없으면 삶도 없다?" 하고 다들 머리를 갸웃했다. 그때 김종인 교수가 손뼉을 치며 "장애인 직업재활의 날 슬로건으로 딱 맞습니다. 이 슬로건을 들으면 누구나 10월 30일을 기억하게 될 겁니다." 하고 환하게 웃었다.

"듣고 보니 그러네요. 10월 30일과 딱 들어맞아요."

다들 고개를 끄덕였다. 나는 전 장관에게도 이 아이디어를 냈다. 장관은 흔쾌히 '1030' 슬로건을 받아주었다.

마침내 2009년 10월 30일, 장애인 직업재활의 날이 처음으로 선포되었다. 나는 1030 슬로건을 발표했다. 슬로건에 맞춰 '1030 착한 소비운동'도 시작했다. 착한 소비운동은 장애인들이 만든 물건을 더 많이 사주자는 운동이다. 1030 착한 소비운동과 함께 장애인 작업장과 기업이 결연을 맺어 상품을 사주는 '1사1품 결연사업'도 제안했다. 아울러 중증장애인 생산품을 1퍼센트 구매해주는 중증장애인 생산품 우선구매법을 제대로 지켜주길 요청했다.

올해도 어김없이 10월 30일이 돌아왔고, 기념행사가 열렸다. 학여울 SETEC전시장에 모인 1천여 명의 장애인들은 한마음으로 1030 착한 소비운동을 외쳤다. 행사장에서 목이 터져라 외친 구호는 당장이라도 세상을 바꾸어버릴 듯 우렁찼다. 장애인 생산시설에서 만든 물건을 파는 부스도 사람들로 북적댔다. 행사장을 찾은 사람들이 우리가 만든 케이크와 화장지, 세제를 사갔다.

행사를 마치고 돌아오니 저녁 뉴스시간에 행사장의 모습이 보였다.

장애인에게 일은 곧 복지요 삶이다. 나라의 지원을 받아서 살아야 하는 수혜적인 삶에서 벗어나 생산적인 삶의 주인공이 된다.

뉴스가 끝나자 가슴에 구멍이 뚫린 것처럼 허전했다. 그토록 애써서 준비했던 것들이 뉴스시간에 잠깐 스쳐가면 그뿐이란 생각에 맥이 풀렸다. 우리가 왜 그런 행사를 해야 하는지, 왜 직업을 달라고 외치는지를 생각해보는 사람이 과연 몇이나 있었을까.

1030 슬로건이 번개처럼 떠올랐을 때, 나는 몹시 흥분했었다. 이렇게 단순하고 명확하게 장애인의 고통과 희망을 이야기할 수 있으니, 이제 곧 많은 이들이 1030을 기억하고 장애인의 일자리에 대해 고민하고 배려하게 될 거라고 기대했었다. 그러나 1030 착한 소비운동이 발표된 지 5년이 흐른 지금도 장애인들이 만든 상품은 여전히 관심 밖

에 있고, 장애인 직업재활시설들의 운영 상태는 어렵기만 하다.

장애인 직업재활시설이 잘되려면 장애인이 만든 물건이 잘 팔려야한다. 물론 생산품의 품질을 높이는 노력도 중요하지만, 먼저 장애인이 만든 제품에 대한 편견을 없애고 구매해주는 마음이 절실하다. 장애인 생산품을 먼저 사주자고 하는 1030 착한 소비운동이 전 국민운동으로 확대되기를 간절히 바란다.

• 에덴플로이 아카데미의 꿈

'에덴하우스'와 '형원'은 장애인들이 일하는 사회적 기업이다. 사회에서는 아무런 쓸모가 없다고 외면당했던 장애인들이 모여 일하고 있다. 이들 중 85퍼센트 이상이 중증, 중복 장애인이다. 2012년 에덴하우스의 총매출액은 156억 원이다. 그중 비닐원료 값 95억 원, 시설관리 및 사업운영비 30억 원, 장애인 인건비 20억 원과 일반근로자 급여 7억 원을 제하고 매출의 3퍼센트인 4억 원만이 수익으로 남았다. 수익은 모두 장애인 고용창출을 위한 시설 재투자비로 사용됐다. 만일 일반기업이라면 완전자동화 설비를 통해 인건비를 대폭 줄여 훨씬 많은 수익을 올렸을 것이다. 그러나 장애인 직업재활시설은 장애인들에게 지불하는 인건비 자체가 수익이다.

우리 사업장에서 일하는 장애인 근로자들의 평균 임금은 110만 원이다. 의료보험과 국민연금 등의 5대 보험료도 별도로 지급한다. 보건복지부에서 발표한 전국 중증장애인들의 평균 임금액은 32만 9천 원이니, 평균의 세 배가 넘는 임금을 받는 셈이다.

장애인 직업재활시설은 생산성이 낮다. 에덴하우스와 형원에서 일하는 중증장애인 중에 숫자를 제대로 세는 사람은 열 명도 채 안 된다. 하나 둘 셋까지만 셀 수 있는 장애인도 많다. 손놀림도 당연히 느리다. 비장애인이 하루에 해치울 일을 닷새 이상 일주일씩 잡고 있어야 한다. 그러다보니 납기를 맞추는 데 어려움이 많다. 하지만 어려움이 많다는 거지 못 한다는 건 아니다. 비록 비장애인들보다 더디지만 분명히 해낼 수 있다.

기업의 이익만을 생각한다면 장애인을 고용할 수 없다. 장애인 직업재활시설은 이익 이상의 목적을 갖고 있다. 바로 장애인의 일자리 창출과 복지다.

일을 하지 않았다면 기초생활수급자가 되어 나라의 복지혜택만 기다렸을 장애인들이 일을 함으로써 자기 자신의 삶도 꾸리고 국가에 세금도 낸다. 일자리를 통해 자아실현도 하고 국민으로서의 의무도 당당히 해낸다. 나라의 지원을 받아서 살아야 하는 수혜적인 삶에서 벗어나 생산적인 삶의 주인공이 되는 것이다.

에덴의 문을 연 지 어언 30년이 되었다. 에덴을 운영해오면서 나는 직업과 교육이 한데 어우러져야만 효과가 있다는 것을 절실하게 깨달았다. 일터와 상관없이 벌어지는 직업교육은 정작 일터에 오면 무용지물이 되기 일쑤다. 어떤 일터든지 장애인들이 일을 익히기까지 여러 달씩 참고 기다려주기는 쉽지 않다. 장애인의 직업교육은 현장과 직결된 것이어야만 효과가 있다.

나는 앞으로 에덴을 교육(Education)과 고용(Employ)을 함께 아우르는 에뎀플로이 아카데미(Edemploy Academy)로 발전시키려 한다. 다시 말해 장애인의 직업교육과 즉시고용을 실현하는 전문연수 시스템이다.

에덴은 무엇보다도 장애인들이 할 수 있는 새로운 직업을 개발하는 데 힘쓰려 한다. 일자리는 날로 변화한다. 장애인의 일자리 역시 마찬가지다. 새로운 일거리를 찾아내서 직업으로 만드는 일이 필요하다. 지금과 같이 한정된 일자리만으로는 장애인들에게 일터를 마련해줄 수 없다. 특허청이나 중소기업청 등과 협의해서 장애인이 참여할 수 있는 분야를 연구하고, 그 분야에서 일할 수 있도록 하는 맞춤교육을 통해 장애인의 일자리를 새롭게 만들어나가야 한다.

또 누구라도 장애인 근로자를 채용해서 일을 시킬 수 있도록 장애인 직무표준을 만들려 한다. 장애인에게 어떻게 일을 시켜야 할지를 몰라 장애인을 고용하지 못했던 사람들은 이 직무표준을 통해 장애인과 함께 일할 수 있을 것이다.

그러나 아무리 좋은 교육도 일자리가 없으면 허사다. 교육은 반드시 고용으로 이어져야 한다. 나는 전국에 있는 470여 개의 장애인 직업재활시설 중에서 30곳을 선정해서 고용사업장을 만들려 한다. 에덴에서 교육을 받은 연수생들은 교육을 마치는 대로 고용사업장에 취업하게 될 것이다. 사업장은 열 명 단위의 소작업장으로 운영되고, 열

처음 에덴에 올 때는 전화기를 처음 봐서 송수화기를
거꾸로 들곤 했던 철원 소녀 박대성은 이제 대학생 자
녀를 두고 있다. 여덟 손가락이 없는 장애인이라서 못
하는 일은 아무것도 없다.

명이 넘으면 위성사업장으로 발전시켜가면서 계속 고용을 늘려갈 수
있다.

30년 전, 에덴복지원을 시작하면서 세 가지 목표를 세웠다. 첫째는
비장애인과 장애인이 함께 일하는 작업장, 두 번째는 정년이 될 때까
지 일할 수 있는 지속가능한 작업장, 세 번째는 일한 만큼 임금을 받
는 작업장이다.

이 목표는 30년이 지난 지금도 변함이 없다. 에덴플로이 아카데미가 더 많은 중증장애인들을 통해 이 세 가지 목표를 더 이루어주기를 기대한다.

장애인에게 일할 기회를 달라고 하면 사람들은 장애인이 무슨 일을 하느냐고 한다. 그러나 장애인도 일을 한다. 그것도 아주 잘한다. 눈이 안 보이는 사람은 귀가 더 예민하게 발달하고 다리를 쓰지 못하는 사람은 팔이 더 강하게 발달한다. 마찬가지로 자폐와 같이 사회성이 발달하지 않은 경우는 집중력이 남다르게 발달한다. 이런 특성을 잘 살리면 장애가 또 다른 능력이 된다. 사회가 이를 거부하고 장애인을 무조건 생산현장에서 배척한다면 귀중한 노동력을 잃어버리게 된다.

1910년 미국의 포드 자동차에서 자동차를 생산했다. 전체 7,882개의 공정 가운데 670개 공정은 두 다리가 없는 장애인도 충분히 가능한 일이었으며, 2,637개 공정은 한쪽 다리가 없는 장애인 근로자가 할 수 있는 일이었다. 715개 공정은 한쪽 팔이 없어도 가능한 일이었다고 한다. 그리고 10개의 공정은 시각장애인도 할 수 있는 일이었다고 포드는 자서전에서 말했다. 이 말은 곧 자동차를 만드는 전 공정의 51퍼센트 이상은 장애를 가진 노동자도 충분히 일할 수 있다는 것이다.

장애인이 국가에 대해 요구하는 것은 소득보장과 의료보장이 우선이며 고용보장은 8.6퍼센트에 지나지 않는다는 조사가 있었다. 그러나 나는 거꾸로 생각한다. 장애인들이 국가에 대해 요구할 것은 고용보장이 우선이다. 장애인에게 고용이 보장된다면 의료와 소득은 저절로 해결된다.

장애인 100명을 보호수용하는 생활시설을 지원하기 위해서는 연평균 20억 원의 예산이 필요하다. 그러나 에덴은 연 평균 6억 원의 정부지원금만을 받는다. 에덴에 지원된 6억 원은 연간 100억 원 이상의 매출로 확대재생산 된다. 그리고 에덴의 장애인 근로자들은 모두 세금을 낸다. 국가는 장애인들한테 지원한 이상의 금액을 세금으로 돌려받는다.

장애인이 받을 수 있는 가장 훌륭한 복지는 일자리 복지다. 일을 통해서 장애인과 그 가족의 삶의 질이 향상된다. 또 비장애인과 함께 일을 하고 세금을 내서 사회적 비용을 함께 부담함으로서 사회 불만을 없애고 사회통합에 기여하게 된다. 이는 곧 국가의 부를 창출하는 길이기도 하다. 장애인이 일을 갖고 자신의 장애를 극복할 수 있도록, 그래서 행복한 삶을 살 수 있도록 해야 한다.

가끔 정치인들이 찾아와 장애인의 복지에 관해 자문을 구한다. 그러면 나는 그들에게 되묻는다.

"어떤 복지를 말하는 거죠?"

"복지예산이 많이 편성되는 거지요."

"장애인에게 돈을 주시게요?"

"그럼요. 당연히 더 많은 돈을 줘야지요."

복지예산을 많이 배정해서 장애인들의 삶을 안락하게 바꾸어놓을 수 있다고 생각하는 그들에게 나는 말한다.

"내 손을 만져보십시오. 내 무릎도 만져보십시오."

40년 동안 땅을 딛고 서본 적이 없는 무릎과 다리는 통나무처럼 딱딱하게 굳어 있다.

"나를 보십시오. 나는 내 힘으로는 무엇 하나 움직일 수 없는 몸이지만 거저 주는 돈을 원하지 않았습니다. 우리에게는 일자리가 필요합니다. 비록 적게 벌어도 당당하게 살 수 있는 길을 터주어야 합니다. 장애인들을 돌봐줘야 할 대상이 아니라 비장애인들과 마찬가지로 자기가 원하는 일을 하며 소득을 얻고 세금도 내는 당당한 국민이 되도록 만드는 것이 최고의 복지가 아니겠습니까?"

나는 장애인이 기초생활수급자가 아닌 '납세자'가 되는 세상을 꿈꾼다. 에덴의 식구들은 모두 즐겁게 일해서 떳떳하게 월급을 받고 세금을 내서 사회에 환원한다. 하나님은 누구에게나 일할 수 있는 달란트를 주셨다. 장애 뒤에 숨겨진 달란트를 찾아내면 누구나 일할 수 있다. 귀한 달란트를 찾아내 비장애인과 장애인이 함께 어울려 일하면서 더불어 살아가는 세상이 우리가 바라는 최고의 복지다.

2013년 4월 16일, 박근혜 대통령이 에덴하우스와 형원을 방문하였다. 사회복지시설로서는 취임 후 첫 방문이었다.

의원 시절부터 장애인의 일자리에 대한 관심을 밝혀온 대통령은 에덴에 대해서도 잘 알았다. 그날도 대통령은 장애인의 일자리 창출이 얼마나 중요한지에 대해 역설하였다. 또 에덴이 앞으로 얼마나 더 일자리를 늘릴 수 있는지도 궁금해 하며 '좀 더 좋은 일자리와 훈련, 교육의 기회를 늘려 희망을 갖고 행복하게 살 수 있는 기회를 많이 만들어드리는 게 저희의 역할이라고 생각한다'고 덧붙였다.

그날 대통령은 장애인 문제를 해결하는 핵심은 바로 '기회'라고 하였다. 일할 수 있는 기회, 사회에 나와 다른 사람들과 어울려 살 수 있는 기회, 장애 뒤에 숨은 장점을 발휘할 수 있는 기회, 돈을 벌어서 가정을 이루고 인간답게 살 수 있는 기회, 세금을 내고 당당한 국민으로 살아갈 수 있는 기회만 주어진다면 무엇이 문제이겠는가.

장애인 직업재활시설이 중증장애인의 안정된 일터로서의 역할을 제대로 수행할 수 있도록 지원하고 장애인 생산품의 판로 개척을 지원하여 구매를 촉진시켜 나가겠다는 대통령의 약속, 그리고 '장애인의 자활과 꿈이 이루어지는 나라를 만들겠다'는 그날의 약속이 반드시 지켜지리라 믿는다.

상상하는 모든 것이 현실이 된다고 했다. 에덴의 지난 30년 세월 역시 상상하던 것이 모두 현실이 되었다. 지금 우리가 상상하고 계획하는 것들 역시 머지않아 현실이 될 것이다.

인디언이 기우제를 지내면 반드시 비가 온다고 한다. 그 비결은 비가 올 때까지 기우제를 멈추지 않는 것이다. 나도 모든 장애인이 비장애인들과 같은 꿈을 꾸고 자기가 원하는 일을 하며 행복한 삶을 사는 날까지, 달팽이처럼 느리지만 달리는 일을 잠시도 멈추지 않을 것이다.

일할 수 있어 행복한 특별한 사람들의

행복공장 이야기

초판 1쇄 발행 2014년 3월 20일

지은이 정덕환
펴낸이 남상진
펴낸곳 서강출판사

편집 임은실
디자인 su:
인쇄 에덴복지재단 에덴하우스 인쇄사업부

등록 1987년 11월 11일 제11-20호
주소 413-756 경기도 파주시 교하읍 문발리 파주출판도시 500-11
전화 031-955-0711~2
팩스 031-955-0720
전자우편 seogang04@seogang.net

ISBN 978-89-7219-295-4 03800

일원화 공급처 (주)북새통 121-210 서울시 마포구 서교동 465-4 광림빌딩 2F
전화 02-338-0117 | 팩시밀리 02-338-7160~1
E-mail bookmania@booksetong.com